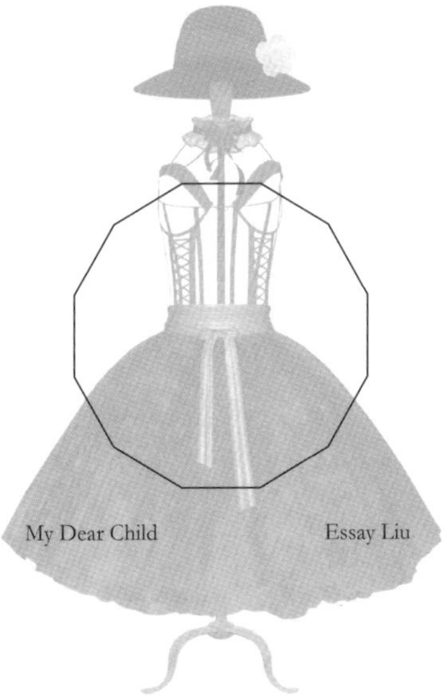

親愛的小孩 My Dear Child

Essay Liu 劉 梓 潔

如果你坦誠地跟世界打交道，
那麼從來不需要收回什麼。

——理查・葉慈〈本色女孩〉

推薦序——

男女故事，從頭說起

政大台文所教授／陳芳明

劉梓潔完成〈父後七日〉時，已經為台灣散文書寫創造新氣象。她乾脆俐落的字句，不因循俗套的書寫，很快就為台灣文壇宣告新世代的到來。出生於一九八〇年的她，無疑是一個起點，在此之前，作家不免背負許多傳統的重擔，即使不談家國，也多少要強調性別。她創造節奏活潑的文字，把一場殯葬送別的過程寫得活靈活現，即使不是節慶，卻描述得熱鬧繽紛。那是眼淚與悲傷的淨化過程，也是懷舊與思念的昇華。不久以後，〈父後七日〉又改編成電影，作者本人也參與編劇並執導。一篇充滿戲劇性的散文，能有如此轉折，正好可以彰顯她想像的能量。它可以縮小成篇幅有限的靜態作品，也可以膨脹成為動人心弦的戲劇故事，證明她握有一支魔術的筆。

戲劇性，原就屬於伸縮自如的概念。當平面想像轉化成立體演出，需要許多藝術的跨越，已經不僅止於文字的操控而已。她寫散文時，本身就隱藏了小說的敘述能力，或者確切的說，在行文之間就具備說故事的慾望。因此，她的文字張力不可小覷。她可以寫散文，更可以是寫小說的料子。她在兩種文體之間的互換，簡直是進出自如。一般散文需要內在邏輯來支撐，在段落與段落之間，多少會保留延伸的軌跡。劉梓潔卻勇於切斷，也勇於跳接，其中有不少懸宕空間需要讀者參與想像。這正是她風格的迷人之處。

《親愛的小孩》是她的第一本小說，最早一篇完成於二〇〇一年。身為現代都會的女性，已經與上世紀的典範拉開一段距離。到一九八〇年代之前，女性被賦予的任務極其複雜，至少要在生命中完成婚姻的任務。在台灣社會解嚴前後，女性扮演的角色更是負有多重任務。她們不僅要衝撞政治體制，也要背叛傳統，甚至連帶必須從事啟蒙運動。到達上世紀末端時，女性小說已經蔚為風氣，卻還是帶著緊繃的情緒。劉梓潔這世代在文壇登場時，看待社會與家國的議題已經非常從容。她所表現出來的自主與自信，無須投入無謂的論戰，也無須經過內心掙扎；凡出現在思考或意念，都可融入小說故事裡。

劉梓潔這位都會女性，似乎有某種程度的戀父情結，父親的意象若有似無，往往在她的愛情與記憶中浮現。不管是糾纏或纏綿，父親影像揮之不去。那好像是生命中的秘密，也是她心靈底層的穩定力量。在乍起乍滅的濫情與戀情裡，父親代表著一種救贖的意義。對父親的眷戀，即使在《父後七日》的散文與電影，就已經發揮得淋漓盡致。父親意象，無論是真實或虛構，都暗示著感情上的某種匱乏與嚮往。父親的在與不在，亦即愛情的完成與未完成，不免也牽動著讀者的情緒。

她的文字很乾淨，從不拖泥帶水，從不耽溺於繁瑣敘述，只要三言兩語就把讀者帶進特定情境裡。對於男女關係的描寫，她抱持疏離與淡漠的態度，縱然觸及性愛場面，她仍然扮演旁觀者的角色。小說集裡的〈搞不定〉，是她說故事的一個範式，乾脆俐落，節奏迅速。一個叫老K的男人，擅長調情。他勾搭女人已經有一段歷史，似乎閱人無數，但在內心深處卻有他苦不堪言的挫敗。換過一個女人又一個女人，彷彿充滿優越感，卻乏善可陳。劉梓潔站在一個比較高的位置，俯視著男人是何等偽善、懦弱、不負責任。這篇小說等於宣告男人主宰社會的時代已經過去，或者精確地說，這樣的小說誕生時，這個世界不再只是由男人來解釋。小說中的男人是主角，但他的言行舉止卻是由女人來操控。作者並不訴諸強烈指控，反而藉由輕快冷靜的文字技巧，徐徐彰顯女性批判的力道。

主題小說〈親愛的小孩〉，完全翻轉男女的位置。有這樣一位都會女性，接近男人是為了生小孩。她主動尋找伴侶，也自主決定是否要傳宗接代，這當然是非常嘲弄，也是非常顛覆的一個議題。當女人主宰感情時，男人只能處在被動或配合的地位，截然不同於過去的那種蠻橫或傲慢。試看她寫的這段文字：

抽菸喝紅酒交男朋友浪跡天涯像一盒隨時都可能被撞翻的爆米花，滿地狼藉與悲涼隨時一觸即發。我自知不是那塊料，無法過了四十歲無夫無子依然美麗自信叱吒職場。如果沒有小孩，我只會蹲在地上一直撿一直撿爆米花而已。

劉梓潔的文字能力在此徹底表現出來，連續二十八個字，毫不中斷寫出想要生小孩的單身女子心境。她一口氣講完，為的是要表達內心的焦慮與飢渴。婚或不婚，是一種抉擇；生或不生，又是另一種抉擇。而這種選擇權，全然掌握在這位都會女子的手上。這已經不是寫小說而已，她要傳達女性的新觀念，新價值與新身體。有些小說可能在乎技巧與藝術，但這篇小說在某種意義上似乎可以視為一種時代宣言。

劉梓潔，屬於二十一世紀台灣女性的聲音。她說故事時，抽掉了太多不必要的交代，而且也略過許多過場的敘述。她說話的語氣代表高度自信，被動、被解釋、被填補意義的女性身分，在她筆下已經一去不復返。她的故事都是一個場景一個場景銜接起來，也是一個鏡頭一個鏡頭不斷移動。女人的故事，或者男女的故事，就從這裡從頭說起。

二〇一三・七・一　政大台文所

名家推薦

甘耀明：如果單身女性的賀爾蒙失調，絕對想不到的是她想要生小孩。劉梓潔〈親愛的小孩〉便是這般景觀。當今社會的觀念開明，婚前性行為、同居不是話題，結婚是給肚子裡的孩子法律保障而已。這讓〈親愛的小孩〉裡三十拉警報的肉食女製造新話題了，她到處捕食男體不是為了性愛，是為了繁殖，被採精的男性只有像培養皿上標籤的英文代號，H、L、N，或排隊中的無政府主義搖滾青年與峇里島沙灘男孩們。可是，肉食女的驗孕棒像是沒中的刮刮樂處處被丟棄，看見小孩像看見純淨的神，顯然劉梓潔卯起來認真地想，一個現代女性生育的目的，應該有更深刻意義：求子若渴，是思索「單身女性」或「單親媽媽」得建立在男性的對應位置，還是填滿寂寞，或複製另一個自我，抑或是獲得純粹的新生喜樂？無論是不是答案，都會催促讀者反覆咀嚼〈親愛的小孩〉。

侯文詠：劉梓潔是那種會講故事的天賦型作者。她有種獨特的敘述風格，夾雜著不時跳出來的比喻——俐落、犀利，驚喜連連。讀她的短篇小說像是看底線抽球功力一流的網球選手打球，一拍接著一拍，穩健而有節奏。眼看就要天長地久了，忽然一個反手變化球，在對手措手不及的回應中，上網得分。就這樣，不管題材是不是你的菜，一次又一次吸引你讀完了故事，進入了那個世界。

郭強生：我覺得〈搞不定〉這篇小說是雙向的，一篇小說難得可以照顧到兩個觀點，它雖然在寫老K，但其實是在寫其他女人，我很少看到小說把人物寫得這麼鮮活。為什麼老K搞不定所有女人？因為那些女人都不知道自己要什麼。人物塑造幾乎就像白先勇在勾勒「金大班」一樣，而且它「舊題材新寫」，在愛情小說上，終於看到有一篇在人性諷刺的部分，能寫出〈傾城之戀〉的深度，卻也能跳脫那一套上海海派的調情。問題是很多人學到張愛玲的神髓，卻抓不到她的狠，可是這篇作品卻有那股狠勁。

目錄

1.

親愛的
小孩

每個人出現的時候我都希望，
拜託這是最後一個了，
讓我們維持穩定長久且公開的關係，
快快樂樂生個小孩。
可是偏偏好像我身上有個大破洞一樣，
每個都留不住。

1. 爆米花

我想生小孩。

好幾個超過四十歲沒生小孩的女生朋友告訴我：過了就好了。她們在三十二、三歲時也曾經想生得不得了，想到連在捷運上看到兩三歲小小孩牙牙學語聽到銀鈴般的童稚笑聲都會哭。但是，過了就好了，是身體激素在作祟，告訴你再不生就來不及了。過了就好了。她們拍拍我的肩，過了你就知道你還是可以繼續抽菸喝紅酒交男朋友浪跡天涯好不快活哩。

是。是身體激素在拉警報。身體就好像一個客氣有禮而盡責的餐廳侍者，過來頻頻提醒你：last order囉，請問要點餐嗎？你搖搖頭，乾啜紅酒，以為純粹的品飲就足夠。等到你胃裡翻起一陣空虛，揮手請他過來，他只能赧然苦笑：不好意思耶，我們廚房已經休息了。從吧台後方的窗口，你還可以看到廚師助手正對著地板潑下一盆肥皂水。萬念俱灰。侍者或酒保也許會可憐你，給你一些爆米花，可是你知道你把這如空氣的小雲朵一顆顆往嘴巴塞的時候，將無限豔羨著隔壁桌滿滿的辣烤雞翅起司薯條墨西哥捲餅雙份臘腸披薩爆漿巧克力舒芙蕾佐夏威夷果香草冰淇淋，一桌歡樂像變魔術一樣越吃越多無窮無盡開出燦爛花朵，逼得你好想握著刀叉到人家桌邊說，分我一口可以嗎？

我不想變成那種人。

抽菸喝紅酒交男朋友浪跡天涯像一盒隨時都可能被撞翻的爆米花，滿地狼藉與悲涼隨時一觸即發。我自知不是那塊料，無法過了四十歲無夫無子依然美麗自信叱吒職場。如果沒有小孩，我只會蹲在地上一直撿一直撿爆米花而已。

對我，過了並不會好，而是，過了就毀了。

2. 性生活

一個沒有性生活的人說想要生小孩，就像一個從沒買過樂透的人幻想自己中頭獎一樣好笑。但也許，可以先說說我之前那段有如刮刮樂般的性生活。百元刮刮樂，刮了中一百，再換一張，還是中一百，就這樣沒輸沒贏，彷彿可以天長地久。甚至，噢，親愛的小孩，有次我覺得我非常非常接近你了。

那是，我三十歲生日那天。我要搭晚上的飛機去舊金山，中午H請我吃飯，幫我慶生，用他短暫的高級主管午休時間。我拉著行李箱搭高鐵去找他，H總是在我出車站大門時就看到他。他站在他的車旁邊，西裝褲熨得筆挺，淡淡笑著，對我揮手。吃了一頓高級的義大利餐後，他送我去搭高鐵，我撒嬌嘟囔著：哎唷人家五點到機場就可以了，一邊把手鑽進他棉麻西裝外套的袖口，來回摩挲。他當然知道我想幹嘛，他也癢了，我再把他搔得更癢：今天是安全期唷。我知道他想乾脆停車把我抓起來，但他好凜然：我三點要開會，只剩半小時了，你早說就不去吃飯了。哦是啊我早說我們就會從高鐵站外帶兩份摩斯漢堡去開房間好棒的三十歲生日哪。我當然沒把這句話說出口，如果你想打砲，你最好別機車。我繼續使著小狗眼神，嘟嘟囔囔，手指在他下臂內緣畫圈圈。

H開著車在高鐵站附近荒涼空曠的重劃區瞎繞，馬路很新，幾乎無車，有些剛建好的大樓。他在一長滿雜草的空地上停下，說：這兒可以吧？他不知從哪兒變出好多隔熱板與窗簾，人沒離開駕駛座，像登山老手搭帳篷般，兩三下，車子被包得隱密，我懷疑他是不是按了哪個鈕，連車外的車牌號碼都包起來了。我們各自褪去下半身衣物，他說：把椅子退到最後，椅背打到最平。他壓了上來。我只想著，天哪他是車震的老手。我沒感到任何刺激，只覺得輕率潦草，並冒出許多諸如科技園區高級主管下班回家前在廠區後山叫應召妹來車上幹砲的幻想，我只想趕快結束。H向來溫文拘謹，總是要我先到他才到。我作假地喊叫了一聲，他加速後發出暢快的低吼。他射了，在裡面。

我拉著行李箱進了高鐵站女廁，在馬桶上坐了好久。天啊第一次我們在好漂亮光是浴缸就有一個雙人床大的精品旅館，第二次在我家，前戲還是在陽台就著燭光吃著甜點開始的，這是第三次，在不知道將來會蓋成廠房還是豪宅的空地上。我好想洗個澡，左顧右盼為什麼廁所沒有像東南亞那種從馬桶水箱外接出來的沖洗水管。那，我要帶著這些精液到舊金山去了，在我的生日，飛過換日線，到舊金山仍是生日，有可能也是你，親愛的小孩，的播種日。

之後漁人碼頭、金門大橋、卡斯楚街、嬉皮村、納帕谷酒莊、城市之光書店、科波拉開的餐廳，我都想著，親愛的小孩，如果你真的來了，你的第一趟旅行可真爽哪，你會不會長成一個嬉皮呢？我每天清晨在旅館大廳開公共電腦上網收信，H沒寫任何信來，我也沒寫給他。七天後我回到台北，H沒打任何電話來，我也沒打給他。幾天後我受不了主動打了，他沒有接，亦沒有回。

兩天後收到他的信：你是個好女孩，應該去尋找真正屬於你的幸福。明明是屁話，我卻對著電腦螢幕哭了一整個早上。當然我沒有懷孕。然後，第二張刮刮樂，L來了。

我在書店的身心靈書區遇見他，他用簡單的英文與我攀談，瑜伽、印度、奧修、新時代等等，末了說句很高興與你談話，祝你有美好的一天，我說你也是，便各逛各的去。半小時或一小時後，我走出書店，看見他的背影。他站在書店門口，面向馬路，等著什麼。但不是等朋友，也不是計程車，不是任何具體的物質。應該是說，等著什麼，未知的、曖昧的、暫時性的，存在。那身影透露出來的一點點恍惚、茫然、尋覓，別人也許看不出來，但我懂。我也常有那種時候，而我總是什麼都沒等到。

我走過去，禮貌地跟他說，Bye-bye，他也微笑點頭。我轉身，往捷運站。果然，他跟了上來，問我：要去我家嗎？我說好。

上計程車、到老外在台北短期租居的飯店式套房、脫衣、做、淋浴、穿衣，一起下樓，到第一個路口，兩人成九十度各自前進，真的拜拜，不過一個小時的事。進他家時已是傍晚，出來時，天也未暗。

那個做，真的太短了。背後，正面，射，像速食店的出菜工序。沒有親吻，沒有擁抱。身體保持著一個點接觸。淋浴時，他給我洗好的白浴巾，他自己稍後用另一條。更衣後，我用的那條毛巾就進了洗衣機，像SPA會館的服務。（也許，怎麼搞的總覺得更像，盲人十分鐘按摩。）我淋浴出來後，他站在陽台，看著外面。我過去從背後環抱裸身的他，他反手，捏捏我隔著浴巾的臀部。

下樓電梯裡，他說，我不常這麼做的，雖然我看起來很像，但我不是。他拿了兩本書借我，但我隱約覺得，沒還他也沒關係，就像是彼此不再見面，也沒關係。但是沒有，接著的幾個月，他兩三個禮拜會傳個簡訊給我，然後我們把上述的事從頭到尾做一遍。

L一定要戴套，他從印度印尼泰國一路當背包客來到台灣，沿途必定風花雪月，我想這是最基本的禮貌與衛生，也就不曾去想會不會不小心生出個金髮碧眼台歐混血兒。但L軟得快，拆套子時難免氣急敗壞，這是我跟他做時的一個困擾。我把這困擾告訴好姊妹Mori，Mori的強項是從面相看雞相。他要我傳L的照片給他看，診斷還有救沒救。但我連拿起手機和L頭靠頭自拍都不敢。Mori像在上物理課一樣告訴我，如果硬度一定的話，老外通常較長，硬度也就分散了。我想這句話的普及版是：有一好沒兩好，適用於人生所有事情。

有次不知怎的，L買到一盒異常難拆的套子，外層的塑膠膜怎摳都摳不起來。一盒不都有三個嗎？怎麼每次輪到我時都是在拆新包裝？上次剩的另外兩個跑哪去了？我從不問，沒啥好問。不是用掉難不成是吃掉？（借鄰居了，如果L要白目一點他可以這麼說。）也許說不在意是騙人的，不然我就不會在這邊光溜溜而好整以暇地等著他，連一句：sweet heart需要幫忙嗎？都不問。也許我正不懷好意地袖手旁觀他看著自己逐漸軟掉，作為無聲的報復，雖然這對我也沒好處。

L拿流理台上的水果刀去刺那頑固的膠膜，結果手滑了，刀尖剉進手掌，鮮血汩汩湧出，天哪這時不軟也得軟，我過去抓起他手看他傷口，口子不大，卻頗深，我抓了把衛生紙要他壓好，兩個人手忙腳亂穿好衣服，攔計程車去外科縫了兩針。驚魂過後，我和他在回程計程車上笑得像小孩一樣開心。他上氣不接下氣：所以你剛剛怎麼跟醫生說？說我怎麼受傷？開生蠔。我也笑得尖銳如八婆。那醫生說什麼呢？他說，哦，生蠔真的很難開要小心。我們又大笑得旁若無人。天啊妳真是天才，L攬過我肩，親親我的額頭。我猜計程車運將一定以為我是專泡夜店專釣鬼佬的三八機。但我不是。我只是等到什麼就是什麼。

回到L家後，我們還是做了。那是唯一一次，L讓我留在他家過夜，他把沒受傷的那隻手讓我枕了一整夜。但我們的關係並沒有什麼突破性的進展。兩個月後他離開台北回去歐洲，我傳了簡訊：Bon Voyage。那時我在捷運上，人很多，我站在車門邊，看見玻璃門上的自己微嘟著嘴神情憂傷。到了家的那站出了車廂，又到對面月台坐回市區，去Mori的店。

Mori換了伴，新伴叫阿宇。以前那個叫阿克。阿克的強項是心情調酒，就是你描述心情諸如回憶起往昔戀人嘆出一口淡淡的哀愁，或是有具體畫面的裴勇俊凌晨四點到我家修冷氣，阿克都調得出來。我沒問阿克到哪去了。Mori招呼著我，想喝什麼阿宇很厲害哦。我說，酸一點的。我說Mori啊如果我現在肚子裡面有一個歐洲混血兒就生下來送給你和阿宇好了。Mori知道我又在瘋言瘋語，走出吧台，說：來啦抱抱啦，對我張開雙手。Mori這死gay知道我的死穴，他的肥厚手掌輕輕壓壓我的頭，我的眼淚就流出來了。他說，阿宇有通哦，要不要他幫你看一下。我揩去淚水，看我什麼時候會生小孩好了。

害羞內向的阿宇，眼睛直直看著我幾秒後低頭，像在接收什麼訊息，然後他抬頭：有個眼睛又圓又大的小男孩一直跟著你，在等著你把他生下來。神了，他現在在哪？我望望四周。阿宇說，反正他一直都在。

這個大哥大也跟我說過。他說小孩這種東西是很玄的，他自己想來的時候，就會想辦法下來。最重要的是爸爸媽媽電光石火結合的那一瞬間，要讓他感覺到愛，他就會願意來了。

哦，是啊。愛。所以當爸爸媽媽在高鐵站旁的荒地胡搞瞎搞，當爸爸拆個套子都要縫兩針媽媽在旁邊笑得像個三八機時，你一定很瞧不起我很不想理我對不對？親愛的小孩。

3. 一句話

愛。什麼是愛？愛與性可以分開嗎？如何觀察一個男人對妳只有性還是有愛？這些問題，就像女生如何快速達到高潮或如何讓妳的他欲仙欲死一樣，柯夢波丹創刊以來每期都有大師循循善誘並提供測驗量表，如此老哏，每次我去剪髮還是都乖乖把它看完。而現在，我像個心理測驗出題機一樣問著Mori，H每次開車時總把一隻手騰出來讓我抓著，那是愛嗎？我低頭看書時，L會幫我把垂下來的劉海輕輕撥到耳後，那是愛嗎？

吧台另一側，一位假睫毛貼得好長好密的美麗熟女，露出妹妹別天真了的表情，媚然一笑，說：要知道妳愛不愛一個男人，很簡單，就是看妳願不願意吃他的精液。太猛了大姊，這麼說來我一個都沒愛過。（有次和L想要玩玩看結果我衝到浴室嘔半天好尷尬。）

其實以上我都在裝可愛。愛不愛，我很清楚，是要看分離的那一刻。

我和N在床上纏綿悱惻了兩年，從沒說過愛字，他到要上飛機的前三天才在電話中告訴我，要跟家人移民到洛杉磯去了，不會再回來。有些書要還妳，看妳要來拿還是我拿過去？（謝謝哦好有禮貌的分手儀式哪你怎麼不乾脆說要叫快遞。）我過去了。我當時與人分租一層公寓，每週去一次他那一廳一房一衛一廚的住處，那對我來說已經是舒適得不得了的小窩，而現在，收拾得乾乾淨淨，只剩一條長沙發和一袋要還我的書。我們分別坐在沙發兩頭，什麼話都說不出來。兩年前，我和一群朋友到他家吃吃喝喝，解散時大家在門口穿鞋有人先去按電梯，我彎腰穿著平底繞踝繫帶涼鞋，N對我說：你留下來。我乖乖坐回沙發，等著他，他送完朋友回到沙發上，我們就這樣開始。

廚房還有些碗盤，你需要嗎？他有點艱難地開口，彷彿是他最溫柔的道別。我搖搖頭，兩顆大淚珠咚咚掉下來，我低頭看著白色磁磚說：你一句話，我可以放棄現在生活的所有東西，買一張機票跟你去美國。抬頭一轉，看到他臉上掛著長長的兩行淚。對望一眼，他把我抱進懷裡，說：你還年輕，你的路還很長。他送我到門口，摸摸我的左臉頰，說：要快樂。我說：你一句話我會馬上到你身邊。那大概是我這個俗辣這輩子最勇敢的一次。

N走了。我著魔似每天到瑜伽教室報到，基礎的進階的各種派別的課胡亂上，一個月操掉好幾公斤體重。然後，我突然頓悟事情不該這麼瞎，問了N的好友，果然，這兩年他其實另有出雙入對的女友，而他帶著她去美國展開新生活。

在美國的N偶爾來信，寄些超好笑影片或超可愛貓狗或超恐怖速食店內幕的群組轉寄信，我偶爾回一兩行不痛不癢的字（我從沒問他那晚的眼淚到底是為什麼），好像只是為了拉一拉線，彼此確定，哦，你還在。兩年忽爾過去，我陸續遇見H和L，H和L又陸續消失。

所以說，你是遭遇好嚴重的情傷，所以放逐自己嗎？不，不是這樣的。感情並沒有這麼奏效的因果律。每個人出現的時候我都希望，拜託這是最後一個了，讓我們維持穩定長久且公開的關係，快快樂樂生個小孩。可是偏偏好像我身上有個大破洞一樣，每個都留不住。

沒有因果，但填空、遞補卻冥冥之中發生著。就在L回去後的兩天，N發來了越洋簡訊：要來美國跨年嗎？我盡量把它想成是另一張刮刮樂，而不是我等待著的一句話，但我還是火速買了好貴的機票。N幫我訂好了洛杉磯華人區的民宿，他那幾天不回家住，而陪著我，我們在跨年夜穿越美墨邊境到提華納，然後到拉斯維加斯吃喝玩樂了一個禮拜，再深入沙漠，住在國家公園露營區的小屋，最後回到洛杉磯。但除了晚上睡同一張床之外，我們像朋友，對那些大賣場裡、名牌outlet裡、餐廳酒吧裡、賭桌邊過度殷勤的美式問候（哦你們是夫妻出來玩啊有沒有小孩呢？），彼此也很有默契地說：不，我們只是朋友。

忘了是第幾夜，兩個人做完後在黑暗中互擁，我哭哭啼啼跟他說，我們生一個小孩吧，我可以自己養自己帶，絕不找你麻煩，要簽切結書都可以。他不肯，說他受不了心裡的負擔與牽掛，說我想得太天真太容易。我會很愛很愛小孩的，我哭到好像全世界都對不起我，哭到連我自己都討厭自己，哭到睡著了。半夜迷迷糊糊，他的身體挑逗著我，他想來第二次，我的身體回應了，他到最後一刻仍抽出來，射在我的肚皮上。我想進浴室去，用手指或面紙蘸一蘸，自己手工送進去，也許會有奇蹟，就像醫藥版報導游泳都會懷孕那樣。但我只是癱著動不了，眼睛張不開，身上的淚痕與精痕像隱形的繩子，把我綁在床上，只能任疲累與睡意一波一波將我帶向深層睡眠，那兒將提供完整修復。醒來已天亮，N不知起來多久了，他穿戴整齊坐在窗前，我全身赤裸坐在柔軟潔白的被褥中間，靜靜看著逆光的他。他轉頭看我，眼裡有柔情：我下去幫你買咖啡好嗎？

最後一天，他送我到機場，把車停在臨時下客的車道上，幫我拿下行李。我知道他不擅長道別，擁抱與吻別都太沉重，便給了他一個露齒的笑容，說：Bye-bye，拖了箱子就轉身，他把兩隻手搭上我肩膀，湊近我，說：要快樂。我沒再轉頭去看他的車，進了大廳，通過磨人的安全檢查，上飛機。十四小時的飛行，空服員會過來餵食三回，我一餐都沒吃，沒看書沒看電影，雙手環抱住肩膀，昏睡再昏睡。快降落時，鄰座的東南亞小帥哥友善對我推出一片口香糖，我搖搖頭。我知道這趟美國行刮刮樂的最大意義就是，我什麼獎都沒中，我無法再拿去換下一張。好吧隱喻真的很煩。也就是說，我明白了我無法再去跟姊妹淘們撒嬌說這些無疾而終的關係是很瞎很白爛或只是玩玩而已，而是，我面對了自己：我是一個不被珍惜與不被選擇的深深挫敗的婊子。

不愛何其殘酷。但你會對一部吃光你錢的吃角子老虎機哭天搶地，搖著他肩膀跪求他腳下哀嚎昨天不是還好好的你為什麼要這樣對我嗎？不會嘛，對不對。說到底，都是自願的。你不該因為對方沒有給你等值或加倍的回報就覺得他對不起你。錢是你自己要投的。你只能說：哦，對，我運氣不好，我衰小。

而，也就在那一刻起，衰小的我沒有了性生活。

4. 勸生堂

勸生堂堂主伉儷切爸切媽愛情長跑十五年。十五年裡他們一起爬完台灣所有的山，溯勘無數條高山溪流，不過癮畢業後又跑去美國科羅拉多州攀冰岩，去爬阿根廷第一高峰。最後切爸完成了七大洲七頂峰，聖母峰隊伍凱旋歸來，切媽去接機，在記者簇擁下，切爸向切媽求婚。婚禮還沒辦，兩個人先去巴黎巴塞隆納度蜜月，回來就發現懷孕了，把肚子裡的小孩取名叫切。切·格瓦拉的切。

既然在巴黎巴塞隆納懷的，怎麼不叫兩巴呢？話一出口，我自己哈哈大笑，切媽也笑到一直拍我，在隔壁書房的切爸喊著：兩巴，台語能聽嗎？我們又狂笑不止。十個月大的小切抓著奶瓶躺在我和他媽中間滾來滾去，跟著發出銀鈴般的笑聲。切爸切媽是我大學時最要好的學長學姊，他們人生目標看似是雲遊四海，但其實那些讓人流口水的大山壯遊只是副業，他們好厲害地一邊拿獎學金出國唸博士（切爸會說，反了啦，玩是正職，唸書只是兼的），現在回來了，在四時盈滿陽光的南部家鄉買房買車，教書帶小孩，安居樂業得更讓人流口水。我學位讀得零零落落，感情一場糊塗，要說贏了什麼，恐怕是，自由。

自由哦自由。那些年偶爾他們回國，便吆喝四散在北中南東的大夥在南部集合，去西子灣喝啤酒吃海鮮看夕陽，然後到中山大學的堤防上躺成一排，其中一個學長彈著吉他，我們在海風中一首接一首唱陳昇的歌。擁擠的樂園，Say good-bye to the crowded paradise。然而，I want you freedom, like a bird.

在他們終於定下來時，我也不再動不動重色輕友不見人影，他們便常叫上我，買張高鐵票南下，與他們一同family day。我看著小切六個月，十個月，一歲，一歲半，兩歲，會爬，會走，會跑，會叫把拔馬麻阿姨，會說謝謝和bye–bye。看著切媽又懷了第二胎，二十週，二十四週，三十週。我們不再去彈吉他吹海風，而是，帶著小孩到大賣場。幾次下來，切爸切媽發現了我帶小孩的天賦，把小切與購物車放心丟給我，兩個人研究起澳洲牛小排義大利起司與神之雫漫畫紅酒。我與小切唱著兒歌，學他說的依呦依呦火星文，推著他到貨架或冰櫃前認知學習，這是魚，小切要不要吃魚？這是牛奶，小切有沒有喝ㄋㄟㄋㄟ？切爸切媽抱著一大堆食材放進購物車，切爸說：感想如何？單親媽媽實習之旅？我說：叮叮叮，挑戰過關。小切又學著我叮叮叮個不停。

回到有著掃地拖地機器人與洗碗機的切宅，一桌食物就緒後，將爸將媽帶著小將過來，他們亦是高雄勸生堂的重要成員。兩歲的小切與兩歲半的小將把整理箱裡的玩具整箱翻過來，發出小動物的笑聲與叫聲，追逐跑跳，把家裡當叢林，便是把拔馬麻阿姨們的大人時間，每個人手上晃著大人的玩具，紅酒，開始聽堂主開釋。

一定要生，就算單親都要生。切爸總用這句話開頭。我說再等兩年吧，等經濟更穩定些。切爸說你以為生小孩是種花啊？說有就有啊？劇本先寫幾個起來放啊！我說你以為寫劇本是美而美煎荷包蛋啊，還可以先煎起來放咧。切爸說你四十歲會發現你想吃想玩的都吃完玩完了，那時你沒小孩你要幹嘛，上外太空嗎？我說是啊說不定可以找太空人生哦。練肖話，都比不過將媽有次喝多，豪爽曰：就算婚姻破裂我都不會後悔生了小將，嚇得旁邊的將爸酒杯差點滑下去。

是，不後悔。周圍還有一些朋友原本抱定頂客一輩子，意外懷孕，生下來了，開始餵奶換尿布買這個那個嬰兒車嬰兒床，每天睡不足三小時，從此只能喝三百塊以下的紅酒，不後悔。一次一次，我從勸生堂離開坐高鐵北返時，車廂裡總有哭個不停的小嬰兒或鬼叫跑鬧的小小孩，我一次比一次更有耐心，不再當那個臭臉的機車阿姨。如此幾個月一次的實習之旅，都可以把我靈銳稜角漸漸磨得平滑柔軟。親愛的小孩啊，我真不知道，如果你不來，我會帶著這些銳角，自傷傷人到何時。

大哥大說他勸伴不勸生，要生要有伴啊。大哥大年紀跟我媽一樣大，大我兩輪，我們都屬猴，大哥大的小孩也是小猴子，但小我兩輪，盼了十多年四十八歲老來得子，大哥大對小孩已有一套心得：他想來自己會想辦法。重要的是，找個好的伴吧。我像個大女兒一樣噘嘴任性：我打算去峇里島來個解放之旅，最好是黃是白是黑等生出來才知道！大哥大要我別嚇他，但他知道我想做什麼的時候攔都攔不住。

我真的去了，但業績掛蛋。每天在峇里島的山城烏布走來晃去，在最熱門的咖啡館外，精壯結實的印尼小夥子坐成一排，熱情招呼著：妳需要伴嗎？我卻像個俗辣快步通過。我也見到一些獨自一個人來旅遊的西方或東方女子，她們真的要了伴，我不知道需不需付錢或怎麼收費，有天在巴士站，一個印尼男孩帶著一個白皙豐滿的韓國女孩來搭車，男孩抓著女孩的手：email我，okay？女孩伸手摸摸他的臉。我想，說不定女孩肚子裡已有一個印韓混血兒，為什麼別人可以我不行呢？我在驕傲什麼或在挑什麼？Mori也常跟我說，隨時想生隨時來找我，他認識好多隨便睡自由得像隻鳥的無政府搖滾青年，帶著樂器去他酒吧，用演唱換酒喝，打烊後就挪開椅子在地上睡，他們絕對不會介意幫個姊姊達成夢想。是哦我還可以給他五百塊錢讓他去買牛奶喝哦。我打哈哈過去。偶爾在路上看到又高又帥簡直韓國男模的男生，興起傳簡訊給切爸：呼叫勸生堂，目標出現了，請問接下來要怎麼做？切爸叮咚回傳：交配啊！廢話！但我連交談都沒勁，那不是我的菜，我只是嘴砲。我隱約知道，是大哥大說的，愛，爸爸媽媽電光石火結合那一瞬間的愛，否則什麼年代了生個小孩還要眼睛一閉雙腿一開牙齒一咬床單一抓，何苦來哉？

於是，在峇里島，我後來幾乎都待在四周是稻田的瑜伽中心裡了，瑜伽，呼吸，冥想，唱頌。Mori說過好狠的話，他說靈修團體只有三種女人：離婚、死尪、嘸人愛，他要我別沉迷進去，以免變成其中之一。而現在，我好坦然，對啊我就是嘸人愛。有天在唱頌課哭得唏哩嘩啦，因為那天治療師反覆領唱我最愛的祈禱文：Lokah Samastah Sukhino Bhavantu。願所有生命真正快樂，活得自在。我一遍一遍地唱，一遍一遍地原諒那些經過我生命的男士們，一遍一遍地，原諒我自己。

5. 小男孩

早班飛機回到台灣，一開手機，就收到勸生堂傳來what's app：二比零了，加油！

啊，是切媽生了，三天前。切媽每天傳來好多段影片，我站在行李轉盤前，一個一個點開看。三天大的小切妹，儼然小切的秀氣版，小小的鼻子與嘴巴，眼睛靈活有神，悠然左右徘徊，迫不及待張望這世界，哎呀打個哈欠都要讓人融化了。我回傳訊息：小切妹太美了啦！我要趕快生個男生來跟她姊弟戀！後面打上好多個唇印。

不知是峇里島的能量太正向，還是小切妹帶來的光和熱，我沒像以往回家睡大覺，機場巴士直接坐到百貨公司前面下車，去給小女娃兒買禮物。百貨公司剛開門，還沒什麼人，我最喜歡這種時候。上童裝部門前，先在一樓的精油香氛區繞了一圈，逛了幾家比較品質價格，最後回到第一家。

專櫃小弟過來招呼，裝熟似的：要不要試試我們家的尤加利精油？這對小朋友的呼吸道淨化很好哦！我說：呃，我還沒有小孩。拉了拉寬鬆的峇里島棉麻洋裝，歪頭裝可愛：而且，這叫娃娃裝，我沒有懷孕哦。小弟連忙抱歉地說：不好意思因為我剛剛看您牽一個小男孩走過去，我以為是您的小孩……太玄了！我猛然放下手上的精油蓋，逼供似的：長什麼樣子？瘦弱小弟顯然被我驚嚇到，怯怯地說：眼睛又圓又大，長得好可愛。天啊，我深吸了一口氣。那他現在在哪？您第二次進來時我就沒看到了。那你以為他去哪裡了？哦，我以為您可能把他交給菲傭了。他說完吐吐舌頭。（謝謝你哦不但看到我有小孩而且還是個貴婦哦。）我問：你是不是有通？換他露出詫異表情。我壓低聲音：我的意思是說，你是不是看得到別人看不到的東西？他猶豫了一下，看著我，點點頭。

為了彌補小弟一大早開市就來了這麼一場詭異對話，我買了好多各式各樣功效的精油。結完帳，飛行的疲倦與勞累忽席捲上來。我拖著行李箱，挽著提袋，進化妝室洗了把臉。看著鏡子，拿紙巾慢慢擦掉臉上的水珠，壓了壓黑眼圈，擠出一個微笑，看著某個未知的存在，像分享一個無人知曉的秘密般，在心裡對它說：嘿，親愛的小孩，馬麻從好遠好遠的地方回來，但我知道，我離你很近很近了。

2.

禮物

有次看伍迪·艾倫的電影，
主角照例是個喋喋不休的老頭，裡面有句台詞說：
「我上一次進入女人的身體是去參觀自由女神像。」
李君娟想，她那七年也可以照樣造句一下：
「上一次塞滿我陰道的大傢伙是一個三千四百公克的寶寶。」

1.

李君娟看著郵局便利箱裡那一根陽具鑰匙圈看了好久，不知該如何是好。她嘆氣闔上盒子，丟進最不常開的抽屜裡，那裡面有一堆廠商紀念品。她搖搖頭，想：難。太難了，從頭教真的太難了。

那是阿超去畢業旅行買給她的，說要用寄的才有驚喜。如果他是完全以情色為出發點，用來撫慰調情，那樣還會讓她有點興奮。但不是，她知道，他真的覺得那是禮物。木雕是藝術，陽具是創意，鑰匙圈是把藝術和創意結合在生活，你們文創人最愛講的哦。她為他這一點善解人意感到心軟，但又為他的低俗品味感到頭昏。現在還有人在買永保安康嗎？她想把這句line給阿超，但又放下了手機，太機車了，而且這只會讓這個單純大男孩更迷惑。她改成一個畫滿愛心的貼圖。

太難啦。峇里島那麼多東西好買，買罐椰子油或去角質霜下次兩個人光溜溜地互相按摩多好啊。或是咖啡，噢還是不要吧，要是阿超又買了甜膩膩的三合一壯陽即溶咖啡包可不妙。欸，問題在她。她真的是個很難討好的人。

大學快畢業時，爸媽好不容易第一次出國，跟團去了上海六天五夜，回來時足足多買了一行李箱。下一次的家族聚會，媽媽把一屋子女孩兒叫來發禮物，從黑色大塑膠袋裡，拿出一個個襄陽市場名牌A貨，長皮夾、小錢包、晚宴包，表姊表妹們又驚又樂，喜孜孜拆封比較。輪到她時，卻是一個扁扁平平的信封袋，打開，兩套毫無特色的旅遊明信片。她愕然看著媽媽。媽媽像在找著合適的詞彙，眼神卑微，說：「呃……我想這個可能跟妳比較合。」是那游移的語氣讓她聽出媽媽的言下之意：妳老是瞧不起我們用那些庸俗的東西。

她會記得那麼清楚，是因為那時她跟百大剛開始來往。

「我媽真的很不了解我耶。我當然也會喜歡那些小女生用的東西呀！」二十二歲的小女生李君娟和百大躺在溫泉旅館的大床上，她把修圖過度的上海老弄堂、即將完工的東方明珠塔、豫園九曲橋一張張放在百大身體上，三個點和其他地方，接著好玩似的，跪到他腳邊，鼓起腮幫使勁一吹，幾張明信片飄落床上，百大身上茂盛的毛髮搖顫，她便呵呵笑起來。百大用兩隻腳把她夾過來緊靠自己，說：「何必用仿的，我買真的給妳。」

以李君娟的理性，她絕不會讓自己變成一個拜金女，但難免有麻雀飛上枝頭的受寵若驚。為了釐清對百大的感覺，她還去書店翻了很多兩性書籍，其中一本果然提供這個狀況：

Q：要怎樣知道你愛的是他的人還是他的錢？

A：愛一個人時，你會希望他快樂。

這無庸置疑，李君娟願意做任何事讓百大快樂。而她知道只要盡本分發揮她小女生的魅力，就能做到。

「跟我說一個秘密好不好？」百大點頭。她輕輕拂著百大多毛的腿：「如果你全身痠痛可以貼撒隆巴斯嗎？」

聰明、靈巧、幽默、愛笑、優雅得體、體貼、好教。兩個禮拜後，百大就帶李君娟去了香港。李君娟在洗澡時，百大寫在飯店便條紙上的，他忘了收，她拿起來看，露出揚揚自得的竊喜，「這是在說我嗎？」百大點頭。「那我有缺點嗎？」小女生把嘴巴嘟到他面前。「現在還看不出來。」「好教是什麼意思？」「妳以後就知道了。」

他們才在一起一個月，大部分時間在床上。而百大說什麼李君娟都信。

Q：你結婚了嗎？A：五年前離了。

Q：我們不用避孕嗎？A：我結紮了。

Q：為什麼？A：我前妻不喜歡避孕，我們也沒打算生小孩。

Q：我們怎麼都不去你家？A：我跟我爸媽住。

Q：那你會帶我去見你爸媽嗎？A：再過一陣子吧。

Q：我爸媽都是鄉下公務員耶，配得上你們嗎？A：擔心什麼？妳這麼好。

二十年後，李君娟還是搞不清楚，當時到底是鬼遮眼還是被高潮沖昏頭。（她那時已不是處女，她跟同年紀男孩子做過的，但從沒那麼好。補充：往後也沒那麼好。）也許更正確地說，是她還不來及搞清楚一切就已經結束。她害怕人生也是如此。

她四十二歲了，來到當時百大的年紀。

她偶爾發發嬌嗔跟阿超說：「噢，我們早兩年認識就好了，那樣還可以說我們是二十幾歲跟三十幾歲，聽起來不會差那麼多。」阿超會說，反正妳又看不出來。阿超二十七歲，至少還要等三年，她才能跟人家說他們是三十幾歲跟四十幾歲。

跟阿超第一次約會是在台南。她回來後，在浴缸裡泡熱水泡了好久，好像想把一切搞清楚。泡到水冷了，皮皺了（不行，要趕快起來抹點緊實霜了，她想），披了浴袍出來，到小湯瑪士的房間看看他，他睡得好熟。她在書桌上攤好的聯絡簿簽名（照例，畫上愛心和笑臉，寫上謝謝老師，她一直是用心又討喜的單親媽咪，教師節會送老師高級飯店下午茶券的那種），闔上。順手撕了一張小湯瑪士的海賊王便利貼，坐回客廳沙發上，她把整個晚上回想了一遍，然後寫下：

單純、體貼、睫毛長、指甲乾淨整齊……她倏地停住，把小紙片在手裡對摺，自粘那面在手心留下隱微的酥麻。她想，噢天啊我變成百大了。

2.

要怎麼用最快的方式交代李君娟的前半生呢？也許是九年前在婦產科的那段問診。

她走進診間，坐了下來。女醫師手上拿著她的驗孕棒，上面有兩道紫色線段。「李小姐，驗孕的結果是您懷孕了。有幾個問題要先冒昧請問您，請您盡量配合回答，好嗎？」李君娟點點頭。

「您結婚了嗎？」「沒有。」

「這是您計畫中的懷孕嗎？」「不是。」

「之前有懷孕、生產或流產過嗎？」「有過生產，一次。」

「是多久前呢？」「嗯……十年前。」

接著醫師勸說她，您已經三十三歲，下一次懷孕就是高齡產婦了，要不要考慮留下來呢？醫師還拿著像星象圖的轉盤，幫她看了預產期。但她堅定無比，不留。

「好的，那我們先照一下超音波，再回來討論接下來要怎麼做。」

在超音波床上躺好，女醫師進來，用探測棒磨著她的下腹，說：「找到了！」她其實看不太清楚，而她覺得躺在這裡好舒服。「這是妳的子宮，我們現在要來找一個小黑點。」醫師磨啊磨，說：

醫師點了滑鼠，量了小黑點的直徑，說：「嗯，0.8公分。」、「大概三個禮拜。」

她穿好褲子，回到診間坐下。醫師一邊寫著病歷，一邊說：「還很小。您可以選擇手術或藥物流產。」

應該說這家診所太專業、或太有同理心呢？最適切的詞應該是英文：considerable。對，太considerable了。李君娟這時才發現，那讓她覺得有點怪異，但卻很舒服的東西是什麼。

醫師描述時，沒有任何的主詞或代名詞。例如：寶寶、小孩、孩子或貝比，沒有說「寶寶現在0.8公分」、「貝比大概三個禮拜大」、「小寶貝還很小」。醫師既已知道她決意不留這個小黑點，也就自動刪去這些太溫情的稱呼。對其他手牽手來、洋溢幸福喜悅的新手父母不會這樣吧？她覺得醫師的considerable讓她感激，卻又隱隱不忍。

醫師解釋了兩種流產方式的優缺點，問：「您決定哪種呢？」她像是在考慮買A餐或B餐那樣地，把手放在嘴唇上，喃喃自語著決策過程：「嗯，它還很小……」她不知不覺給了個主詞。

醫師重複：「對，它還很小。」

突然，這四個字像個開關，她的眼淚決堤而出，緊抿雙唇，再說不出話。護士專業迅速地抽了好幾抽面紙遞上，醫師說：「李小姐，沒關係，您可以回去再考慮看看，不急著今天作決定，因為它還很小……」

李君娟決定放肆大哭，三十三歲明豔美麗的商學博士基金經理人，現在坐在病人專屬的小圓凳上，像個小女生一樣嚶嚶抽泣，稀稀糊糊的聲音重複著：「對不起……對不起……」每說一次，就哭得越大聲，沒有停止的意思，場面完全失控。

醫師說：「沒關係的，李小姐，懷孕初期情緒會比較脆弱敏感，如果您需要，我們可以請護士帶您去休息室……」現在李君娟換成不斷搖頭，先是像個什麼都不要的嘔氣小孩，接著，隨著搖頭的速度慢下來，眼淚也慢慢收了。

她做了幾個深呼吸，接過護士的面紙，擦乾眼淚，擤了鼻涕，鎮定地說：「謝謝。」她回來了。從脆弱崩潰的邊緣慢慢泅泳上岸，只花了兩分鐘，沒有耽誤到下一位病人。她甚至還擠出一絲笑容，對醫師說：「謝謝，我先回去想想看。」

不用想，那時她已經知道答案，她要留下這個小黑點。從今而後，與他相依為命。（整個懷孕過程她都隔著肚皮叫他小黑點，直到生出來，哇，好白一尊胖觀音，才改叫小湯瑪士。）

她開始乖乖地做產檢。當然，換了一家醫院。

3.

那幾聲撕心裂肺的對不起，並不是對著醫師護士說的。而是對著，她沒見過的，她與百大的小孩。她只記得那時她聽到了洪亮的哭聲，好驚訝原來跟電影中的罐頭音效一模一樣，但馬上切斷所有連結與想像。她覺得自己只剩下半條命，竟還可以像教官喊口令一般，從撕裂的丹田喊了一聲：「抱走！快點！」

她不是不忍心看，什麼怕看一眼就會放不下忘不了那些，不是，是她根本就不要看。之前整整九個月，超音波什麼的，她也不看，穿上褲子就趕快走。反正百大的手下，更正確地說，是李君娟那段時間的管家兼保姆，茱莉，會去聽醫師完整的報告，然後連同胎兒照片越洋上呈給百大和他老婆。

那是策劃完美的詐騙。噢不，他們的說法是，交易。各取所需。香港回來後，百大問李君娟想不想去美國讀書？她說是在計畫呀，但她要先一邊工作存錢，一邊考獎學金，「我不要你包養哦。」她補上。

他丟給她一份文件，是他們家族企業基金會的獎學金申請書，限今年商學院大四畢業生，在校成績前百分之二十者，獎學金包括第一年的語言學校、研究所學雜費及生活津貼，完全為她量身打造。「這是黑箱作業吧？」李君娟說。

「這是我給妳的畢業禮物。」百大說。

「可是我出國讀書就看不見你了。」

「我會先陪妳去，以後也可以常常去看妳啊。」百大溫柔得讓李君娟完全融化。

還會把「萬般皆下品，唯有讀書高」掛在嘴邊的李君娟爸媽，接到正式的獎學金錄取通知書，當然高興到來不及懷疑。但對理性的李君娟而言，too good to be true。為了不想讓這一切變成南瓜車與玻璃鞋，出國前還叫她媽帶她去算命。

李君娟原本害怕算命者會洩露什麼（例如把媽媽拉到一旁說，妳女兒正跟大她二十歲的男人打得火熱），但端詳完生辰姓名手相面相，算命者對李君娟說：「妳一定從小就覺得跟爸媽家庭格格不入對不對？而且妳長大到現在，做什麼都我行我素，好像沒什麼好怕，對不對？因為妳做什麼都有神在顧，妳跟這世父母兄弟不親是正常。」

李君娟偷偷看了媽媽，那純樸庸俗的婦人臉上浮現「哎唷還真準」的表情。

算命者接著說：「妳前世是神的小孩，做錯事情才被打入凡間，妳這一世是來修行的。」他轉向媽媽：「所以啊，對她最好的方式就是不要管她，讓她自由去飛。她啣到了果實，自然會帶回來跟你們分享。越煩惱她，是越折她的福報。」

於是，加州夏末，明亮和煦，那些電影裡看得到的，太平洋一號公路上，戴墨鏡穿小花露背洋裝坐敞篷名車攤開絲巾妖嬌迎風，再轉身在開著車的帥氣情人臉上深深一啄，李君娟全親身體驗了。來到美國，百大更野了，每晚買不同的性感內衣要李君娟換上。百大似乎偏愛蝴蝶結，像拆禮物一樣把蝴蝶結拆了，青春肉體便活跳面前。其中只有一套沒有蝴蝶結，蕾絲薄紗在三個點開三個洞，百大整晚匐在她身上親那三個洞。

他們每晚還玩不同的遊戲：

「今天的規則是妳去抽一張A片來放，抽到什麼就要照做。」

「抽到跟狗的怎麼辦？」

「抽到吃大便的才慘吧。」百大難得咯咯大笑起來。

「你要變出大便比較容易啊，現在半夜你去哪裡變出一條狗？」李君娟沒在怕。

性感、淫蕩、很會叫。她希望他曾在小紙片寫下這些。那幾天李君娟幾乎把喉嚨叫啞了，每早刷牙前清喉嚨時都在想著，天啊以後怎麼辦？

但人生就是這樣，在你想著以後怎麼辦時，它就蹦出來告訴你：沒了。沒有以後。

李君娟的月經沒有來。

百大帶她去看了當地的華人婦產科，確認懷孕。百大一路安靜陰沉，沒有她期待的反應：「不要怕，我會陪妳。」或「生下來，我們結婚。」她能察覺到，有異狀。他們即將經過兩人交往的第一個（她不知道也是最後一個）亂流。她準備好了，冷靜應戰。她也不說話，不像以往那樣主動勾他手。上了車，百大開口：「先吃飯再說吧。」

那是他們吃過最多次的餐廳，一家很平民家常的港式飲茶，生意很好，隨時客滿。總是百大去停車，李君娟先去登記位子。這麼做的時候，讓她覺得他們已像夫妻。這次，也是的。一對莫名其妙冷戰的夫妻。百大走進來時，手上拿著一個牛皮紙袋。李君娟已經點好菊普和百大喜歡的幾樣點心（聰明、體貼、好教）。百大從紙袋中抽出一份文件，遞給她。（為什麼不等吃飽回家再看?不像百大從容作風。她的惶恐在升高。）

是一式兩份的協議書。甲方：李君娟，乙方：百大的名字與一個「蔡麗真」名字並列，後面加上「夫妻」。內容是，甲方願意將小孩生下交由乙方撫養。乙方承諾（1）安排產檢、生產及產後靜養，並負擔所有醫療照料費用。（2）提供甲方在美國留學期間學雜費及生活費。（3）另給予新台幣一千萬元整。特殊約定事項：甲方不得以任何藉口探望小孩，更不得與乙方先生見面來往。最後一頁，百大與蔡麗真皆已簽名蓋印，附上身分證影本，兩個人的名字在彼此的配偶欄。（來往了三、四個月，共度無數夜，有時百大的皮夾就擱在床頭，李君娟竟從沒想過翻一下他身分證來看？）她看了蔡麗真的出生年月日，比百大還老三歲，跟她媽同歲。也就是說如果完全照著走，這小孩生下來後將叫一個年紀可以當他外婆的女人媽媽。

四五個蒸籠啪啪上桌，排骨、鳳爪、魚翅餃、芋頭糕、腐皮卷。李君娟覺得她的腦袋現在也彈出四五個畫面，自己演了起來。

最大的畫面是乙方夫妻的計謀過程。五月，蔡麗真對他說：你不是要回母校去幫應屆畢業生做什麼傑出校友演講嗎？從台下挑一個聰明漂亮的嘛！沒錯，好學生李君娟整個演講過程都在享受排名前一百大的企業小開學長對她頻頻放電。六月，百大回家交上作業：聰明、靈巧、幽默、愛笑、優雅得體、體貼、好教（附上維多利亞港獨照兩張）。蔡麗真很滿意，順便抱怨為什麼還沒消息呢？她會不會自己在避孕哪？百大說應該不會，她很單純。八月，肚皮還是沒動靜，好吧，蔡麗真使出最後一招，把老公送去美國愛愛之旅吧。

畫面二，一個電子計算機。從個位數開始按好多個零，個、十、百、千、萬、十萬……一千萬是多少？她自己慢慢賺能不能存得到？

畫面三，她背包夾層裡的信封。裡面有出發前爸爸偷偷塞給她的美金，不多，但應該夠她自己買張機票回台灣，還夠去找婦產科做流產。然後她就還是個準備找工作的大學畢業生，什麼都沒發生過。

畫面四，告他們！但她同時想到幾年前聽媽媽說他們同事有個女兒輕度智障，跑去鄰村玩被強暴懷孕了，女孩的爸爸去找那人，要了二十萬塊封口遮羞。二十萬，跳回畫面二，她到目前為止所有吃的穿的玩的早就超過。

畫面五，求他。在他耳邊哭著說，我真的很愛你，我會好好照顧你和我們的小孩，你跟她離婚跟我在一起吧。抓著他手夾在他最愛的雙乳之間，用他最喜歡的那招吸他。

碰！李君娟輕拍了一下桌子，關掉這些畫面，把協議書一摺，遞給百大，冷靜地說：「這不是你的小孩。」

百大有點慌了。大概他剛剛自己也想過五個畫面，但沒想到這一個。「妳不要鬧，上次妳……那個來，我知道的，之後妳都跟我在一起……」

「因為你說你結紮了，所以這不是你的小孩。」

「那不是真的……」從百大強作鎮定的語氣裡，李君娟知道了，他吃定她不會在大庭廣眾跟他鬧（優雅得體喏），所以才在這兒攤牌。他每一步都是推演過的。

「那請你跟我說，你從頭到尾都在騙我。」

「對，我在騙妳。」倒很乾脆。

李君娟站起來，往外走，穿過停車場，五個畫面又像吃角子老虎機一樣在眼前快轉。她覺得如果他們那麼神通廣大，現在應該會有幾個彪形大漢來攔住她，把她架走，逼她簽字，如果真的發生了她一定要拳打腳踢奮力大喊救命，直到警衛發現。

後方果然傳來急促的腳步聲，她奔跑起來，對方也快跑跟上，一雙大手從背後把她攔腰抱住，抱得緊緊的，她整個人被包覆起來，兩個人的呼吸融在一起，是百大。她被攫住了。每天晚上睡覺她都要他這樣抱著她，只是現在變成了站立，兩個人的喘息來自奔跑，而不是高潮。百大把頭埋在她頭髮裡，不斷摩挲，輕輕在她耳朵旁說：「什麼方法都試了，試了十幾年，妳不知道那有多辛苦，就當作是幫我，好不好？」她能感覺他的眼淚從她太陽穴沿著鬢角慢慢滴下來。

兩具身體保持完全貼合，極有默契地往角落移動。她把手輕輕覆在他的手上，左手帶著他的左手往上來到胸部，右手帶著他的右手往下走向兩腿之間。她穿著他買的低胸雪紡洋裝和薄紗無襯內衣，他想馬上就感受她的尖挺和濕潤，撫摸著，發出低沉厚重的氣息。她反手繞過他身體，左手掐貼他牛仔褲裡的結實臀部，右手隔著褲襠來回滑動，身體如蛇扭動。四隻手的動作溫柔緩慢加深，終於，嘴巴找上嘴巴，舌頭找上舌頭。他們就這樣光天化日在洛杉磯華人區美食城的露天停車場上演站立式愛撫活春宮。

她可以感覺到，他好硬好硬了。快！現在換妳出招！趕快！畫面五！「我真的很愛你，我會好好照顧你和我們的小孩，你跟她離婚跟我在一起吧。」

但她終究沒說出口。

並且要好久好久以後，她才知道，說不出口不是膽怯，不是心軟，不是不想傷害另一個女人。而是驕傲與好強。她承受不住說出口又被拒絕的挫敗與可悲。

4.

李君娟睡了好久。醒來時，她仍在「家」，百大在洛杉磯的房子，她與百大這兩三禮拜口中的家。但百大，以及他所有行李已經不見。

她記得他們恍恍惚惚又做了一次，不，到底做了沒有她都不記得，她不斷喝酒又哭得好慘。她捕捉著片段的記憶：百大幫她修正畫面——說不是她想的那樣，是去演講時就對她一見鍾情，和她約會上了床之後，回家跟老婆坦承，他們才商議出這一招。（這樣傷害有比較小嗎？）他又說，應該當時馬上就把協議書給妳看的，但是我不忍心。

「愛情之中最令人害怕的，是你已分不清楚睡在你身邊那人說的話是真是假。」

神智不清的李君娟，腦裡突然好清晰地彈出這句話，也是在書店的兩性書籍中看到的。但她也要修正，不是「最令人害怕」，而是，「最令人討厭」。一旦討厭的情緒升起來，百大說再多她都覺得是謊話和廢話了。

直到現在睡醒，意識清晰，她都不覺得她還喜歡他。百大走了，茱莉住進來，住在樓下廚房旁的客房。

茱莉是政商名流之間口耳相傳的熱門坐月子媽媽，好多官媳婦、企業家妻子、台港藝人來美西待產都指名要她照顧。這是李君娟在書房桌上資料夾上看到的，擺在正中間，明顯是要她看。裡面有茱莉簡介、服務項目、緊急聯絡電話等等，像飯店Room Service那本。旁邊，那個牛皮紙袋還在。她挪開這些東西，從行李箱裡拿出英文會話教材，戴上耳機，開始讀書。

也是哪次趴在百大身上玩腿毛時跟他說的吧：「欸，我很變態耶。我同學他們都說恨死聯考了，可是我說我不會啊，我滿喜歡的。其實我是喜歡考前衝刺那時候的自己，因為什麼都不用想，只要專心做一件事就好，心、無、旁、騖！」她說這些時只是想要讓百大更了解她，理解她的「特別」。

她現在需要回到那個狀態。二十二歲的公務員女兒，從小到大一路順遂，遇過兩次最大的挑戰是高中聯考和大學聯考。現在是第三次，她只能從前兩次經驗裡叫出一點專注和紀律來應對。

她禁語了一整個禮拜。每天她躲在書房，吃飯時間就下來吃茱莉為她準備的一人份孕婦養生套餐，她倒沒有絕食，要吃好睡好才有辦法作戰（尤其每天飯後那一碗燕窩，她之後沒再吃過更好吃的了）。茱莉問她有沒有想吃什麼？司機下午會來載我去買菜，有沒有要買什麼？身體有沒有不舒服？她一律搖頭。

一個禮拜過後，她吃著早餐時，茱莉拿著行事曆（一本像工作日誌的筆記本）在她對面坐了下來。茱莉說：「李小姐，上面安排妳今天要去產檢。我知道妳是讀書人，我說什麼都左右不了妳。但是，我想跟妳說，只要想著最想達成的那件事，其他事情就都不重要了。像我就是想著要來美國、要拿綠卡，中間好幾年所有妳想得到的辛苦事我都做過了，但我現在心安理得。九個月……妳現在剩下八個月而已，比男孩子當兵還短得多呢。妳還這麼年輕，身體復原得也快……」

茱莉後面說的勸世良言在李君娟耳邊嗡嗡而過，那已都不重要了。李君娟已經聽到她最想聽的：「只要想著最想達成的那件事，其他事情就都不重要了。」這其實是這幾天她潛意識裡隱隱約約要成形的想法，只待有個人把它說出來。

早餐後，李君娟簽好了名字，把牛皮紙袋交給茱莉，然後繼續回書房。過了一會，她聽到電話響了，她不以為意，有時是司機，大部分是茱莉的朋友或客戶打來的。但她接著聽到敲門聲，她開門，茱莉把無線電話壓在胸口，謹慎地說：「孫先生請我問妳，是不是都沒問題了，如果是這樣他就要回台灣了。」

李君娟塞滿英文單字片語的腦海裡蕩漾起一點柔情。啊？百大還沒走？為什麼呢？是擔心她嗎？他就在電話那頭嗎？他要跟我說話嗎？

她看向茱莉胸前的話筒，視線卻完全被那豐滿傲人的胸部搶了過去。她垂下眼睛，點點頭，關上門。

過了大約五分鐘，電話又響了。這回李君娟心跳加速，呼吸急促。茱莉又來敲門了，她再次開門，茱莉手上沒拿電話，卻說：「李小姐，您的電話。」她指指書房裡邊桌上的分機，說：「拿起來就可以了。」

她關門，深呼吸，用顫抖的手接起電話。

不是百大。

是一個專業乾淨的男聲，說他是百大的私人會計，「剛剛已將第一期款項匯入您的帳戶。」那數字，是她爸媽兩人加起來五年的薪水。「尾款會在您生產完畢後匯入。」李君娟原本打算還是不說話，但「謝謝」卻脫口而出。拿人東西要用雙手還要記得說謝謝。爸媽從小是這麼教她的。

掛上電話後，她出到樓梯口，往樓下叫：「茱、茱莉……」聲音有點膽怯遲疑，像是在試驗這項使喚權管不管用。茱莉馬上從廚房出來了，雙手在圍裙上抹著，抬頭看她，準備聽候命令。李君娟抿了抿嘴唇，說：「我想吃麻油雞。」茱莉專業地笑著：「好的，沒問題！」

「謝謝。」她聽見自己沉穩地說。語調已有那麼一點少奶奶的架式。

5.

茱莉說她從沒見過狀態這麼好的孕婦。不害喜、不水腫、不腰痠背痛，只有肚子慢慢地大，其他地方一寸肉都沒長。李君娟覺得自己根本是身心分離了，她每天大著肚子去語言學校，這顆圓球很好用，同學們不會和她太親，加上司機接送，距離拉得更開，她完全沒交新朋友，這正是她希望。（一直到現在，她偶爾還會google自己名字，就怕有無聊網友人肉「哦李君娟我二十年前和她一起上過語言學校她那時大肚子」。）這九個月她完全不看鏡子裡的自己，也不去感覺肚子裡的生命。

唯獨一次。

接到柏克萊錄取通知那天，坐在沙發上拆了信封，她忍不住雀躍，叫了一聲：「茱莉妳看！」她要茱莉看的是通知書，但茱莉和她卻同時看到懷胎七月的大肚動了一下，茱莉比她還欣喜，說：「哇！妳看！這小子在幫媽咪高興呢！」李君娟臉馬上沉了，收起難得的笑容，摺好手上的文件，一聲不吭上樓去。她半天不跟茱莉說話，直到下來吃晚餐，盡量裝作沒事。她本來想嘛起嘴說：「妳犯規噢。」但她做不出來，認真起來的時候是沒辦法裝可愛的。

小孩出生後，被抱去哪她也不問。她乖乖地坐月子，擠了三個月的母奶，裝在真空袋裡，每天司機會來收奶。她覺得這房子現在是座牧場。茱莉陪著她退奶，她每天照著錄影帶跳有氧做仰臥起坐。秋天一到，她頭也不回地往柏克萊去了。

六年讀到博士，在跨國基金集團實習一年。中間她每隔兩三年回來一次，她媽特別關心：有沒有交男朋友？她說：沒有看對眼的。她說的是實話。七年連個異國豔遇都沒有，後來有次看伍迪・艾倫的電影，主角照例是個喋喋不休的老頭，裡面有句台詞說：「我上一次進入女人的身體是去參觀自由女神像。」李君娟想，她那七年也可以照樣造句一下：「上一次塞滿我陰道的大傢伙是一個三千四百公克的寶寶。」但她連個可以講這樣笑話的對象都沒有。

三十歲，回到台灣公司就職。滿樹桃花一夜乍開，但每段甚比一季花期還短，短起一夜，長迄三個月。乾淨衛生，好聚好散，偶爾超級安全期玩一下無套中出，於是，小湯瑪士從機率的縫隙蹦出來了。

「雖然是意外，但是我已經三十幾歲，又有經濟能力，沒理由不要啊。」她這麼跟她媽說。「爸爸是誰？」她媽當然關心這個。「我又沒要結婚，」她學會了婆婆媽媽的語氣：「反正小孩會跟我們姓李，妳有查甫孫啦。」

她啣到了果實，自然會帶回來跟你們分享。小湯瑪士出生那年，爸媽退休，李君娟在一個新建案社區大樓裡買了三戶，兩老與弟弟一家住在同一棟不同樓層，她與小湯瑪士住在隔壁棟。弟媳生了一對雙胞胎女娃，比湯瑪士大兩歲。如此一家，和樂團圓。她每年還招待全家出國，東京迪士尼、香港迪士尼、東南亞海島度假，李君娟漸漸學會庸常生活的快樂。

李君娟桃花沒有因為當媽媽而斷根。前幾年她調任文創基金創投公司當主管，認識各種奇形怪狀風流浪漫的策展人藝術家製片導演，唯二條件是：一，跟工作是兩回事，二，不拖泥帶水。戀愛談得風風火火，但她很有分寸，幾乎每天晚上回家吃晚飯陪小孩，偶爾真的需要約會或應酬，她媽會過來睡客房陪小湯瑪士，而早上起床，李君娟一定已經在廚房擠柳橙汁煎荷包蛋，用各種小動物模型做雞蛋糕。

當然那些肥皂劇會出現的情節也出現了。

湯瑪士讀幼稚園中班時，終於遇到班上的大壞蛋，問：「你有爸爸嗎？」他哭著回來告狀。李君娟把他抱到沙發上，問：「那個同學有沒有外公外婆呢？」湯瑪士點頭說：「一定有！」媽咪再問：「那他有沒有舅舅舅舅媽呢？」小寶貝開始有點不確定，但還是點頭：「有！」「那他有大姊姊小姊姊嗎？」「可能……應該有。」「那他的大姊姊小姊姊是雙胞胎嗎？」五歲小男生嘟著嘴，雙手交疊胸前，說：「這我就不知道了。」

李君娟媽咪說：「下次他問你有沒有爸爸時，你就這樣一個個問他，問到他說沒有為止。」全家被惹得哈哈大笑，那陣子一家老小都很愛用「這我就不知道了」當哏。李君娟覺得她已不需要更多。四十歲女人，事業有成，闔家平安，已功德圓滿。

於是，生命中第三顆受精卵又意外著床在子宮裡時，她想都不用想，去婦產科，驗孕，超音波確認，同意書一簽，藥丸一吞。兩天後請半天假，複診，再吞第二劑藥丸，墊好夜用型衛生棉，然後躺在私人病房裡，一邊打營養針點滴，一邊等著「妊娠囊」（醫師是這樣講）排出。

半小時後，她開始感覺有東西流出來，起身進廁所去，脫下褲子，看著白色棉墊上，那不同於生理期也不同於產後出血的黑紅色凝固果凍體，她叫了出來，喔，天啊，鍾明芳！

鍾明芳是她小學最要好的同學，小一到小六都同班，小六時還一起分享了暗戀和初經。鍾明芳比李君娟早熟漂亮，小六就有國中生拿情書給她。上國中能力分班，李君娟被分到前段班，鍾明芳在普通班。在李君娟還中分著西瓜皮頭髮，老實夾兩根黑髮夾時，鍾明芳已經旁分，其中一邊的劉海蓋住眼睛，藍色百褶裙往上摺兩折。她們漸漸疏遠。

國二時，李君娟有天下課在女廁排隊排了很久，裡面那人就是不出來。鄉下國中的廁所永遠都只有一間能用，其他不是糞便堆得高高，就是蓋個垃圾桶插根掃把寫故障。上課鐘已響，她急死了，終於，門開了，出來的，是鍾明芳。鍾明芳看了她一眼，李君娟只想趕快衝進去小便，沒來得及跟她打招呼。

門一扣，褲子一脫，蹲下來之後，她才看到蹲式馬桶裡浮著滿滿的、形狀大大小小的仙草，她想，鍾明芳幹嘛把一袋仙草冰帶進來廁所倒掉呢？她一邊讓脹滿的膀胱盡情宣洩，一邊張望垃圾桶裡是不是有仙草冰的塑膠袋。起身拉沖水的繩子，沒反應，這很正常，有水才是奇蹟。她穿好褲子低頭一看，叫了出來，那些仙草被她的尿液噴射過之後，周圍全滲出了血水。現在是一缸洛神花仙草了。李君娟自己生理期來時也看過血塊，但從沒那麼黑那麼多，她想，鍾明芳好可憐，她那個來肚子一定痛死了。

過了不久，學校爆發了醜聞。一個實習男老師半夜帶鍾明芳去隔壁鎮上的旅館開房間，鍾明芳她爸騎著摩托車一路尾隨，逮個正著。事情鬧到上報，男老師被調校，但小地方總蜚短流長，鍾明芳一家後來也搬家了。

現在，李君娟在這乾淨明亮得一根毛髮都沒有的單人病房廁所裡，一邊換著棉墊，一邊想，原來她三十年前曾在汙穢惡臭的女廁對著好姊妹排出的小孩撒尿。她四十二歲，生過兩個小孩了，但鍾明芳三十年前就懂的事，她到今天才懂。

她回家，燉了一大鍋番茄牛肉，全家吃得開心。那幾天她乖得很，不但沒約會，還提早下班。她媽大概可以猜得出來，應該是那個來了，她也就讓她這麼以為。連著幾晚把小湯瑪士哄上床後，還陪她媽一起看韓劇。她盡量裝成隨意聊天，問：「媽，妳還記得我國小同學鍾明芳嗎？」

「記得啊。去年她阿公的告別式我有去，有看到她，兩個小孩好像都念國中了。」媽媽忍不住八卦：「响，她真的後來就跟那個老師結婚耶。」

「蛤！」李君娟感覺心臟被擊了一下，叫得好大聲。她沒想到世事也有這種版本。「真的啊……好棒……」她撫著左胸喃喃讚歎。（我還以為她後來會很慘，李君娟忍著這句沒說出口。二十三歲跑到美國當乳牛，三十三歲在婦產科大哭，四十二歲才知道仙草冰是什麼，妳比較慘吧前段班的好學生。她突然無限哀憐起自己。）

「棒什麼棒，那時候鬧那麼大。」

「欸，十三歲就遇到命中注定的真命天子耶。好幸福噢。」

李君娟以前像這樣一派少女天真地跟媽媽說話時，往往是在打混敷衍（是喔，很好啊），但她這次每個字都是肺腑之言，她是真的好羨慕。

她媽好像看穿她的心事，補了一句：「可是她看起來比妳老好多。」這是安慰嗎？好吧，她接受。

6.

李君娟從沒想過穩定關係、長久伴侶。她之前跟流行花錢去看了前世今生水晶球，那神婆告訴她：「妳好久以前的一段關係沒清理乾淨，所以才會每段感情都無疾而終。」是百大嗎？可是那對雙方而言都再乾淨不過了。「多久以前？」「看不出來，也有可能不是這輩子。」

關係、感情。她甚至覺得這些字對她都還太遙遠，更遑論愛情、姻緣。她用每天工作要用到的補助、贊助、獎勵、投資等字眼對應比較著。其實異曲同工，每一樣都在談條件、求回報。

但不知道是不是鍾明芳的故事讓李君娟對真命天子突然有了憧憬，所以阿超出現時，她完全無可招架地落入偶像劇模式。女大男小，都會熟女與陽光男孩的偶像劇。當你決定墜入愛河時，會把每個巧合都當作奇妙緣分，把機率當作命運。

阿超是他們社區大樓地下超市的工讀生。

聖誕節，湯瑪士對聖誕老公公放在襪子裡的禮物（又是樂高！）很不滿意，一大早就鬧脾氣。「我從上個月每天睡覺前就一直跟他說，我想要一隻很小的、真的、活的貓咪，結果他都沒聽到！」李君娟當然有聽到，但她實在沒打算讓這個家再多一個生命。她一直是個有求必應的母親，但她無法不為兒子的鼻過敏設想。

她安慰他：「可能聖誕老公公很忙啊，來不及去幫你找貓咪，我們不是說過嗎？如果要養，就要養那些跟媽媽走失的流浪貓對不對？可能麋鹿咻一下跑太快了，就把路上貓咪都嚇跑了。」

不好笑。小男生沒被取悅到。她接著說：「啊！可能他弄錯地址了，送去外婆家，或是大姊姊小姊姊家了！我們趕快去看看！」

她牽著小湯瑪士下到社區中庭，準備走往隔壁棟。結果，就那麼巧。超市與流浪動物之家辦了個「寒冬送暖・愛心認養」活動，在中庭搭了個小雨棚，棚子裡有幾個鐵籠，籠子裡好多隻兩三個月大的小幼貓。小湯瑪士開心激動地尖叫：「我就知道他有聽到！」眼眶裡泛著喜悅的淚光。

他們認養了一隻三個月大的橘虎斑。李君娟不是妥協讓步寵小孩，而是，這是小湯瑪士第一次體驗到老天爺聽到你的祈願，並且降下神蹟。她不想破壞這種美好願力，這是他自己與聖誕老公公溝通得來，不是她的功勞，這種神予的快樂不是她能買來的。她希望他長大後可以記得：「我第一次感覺到有神的存在，是在我小學二年級的聖誕節。」

這只是百分之九十五的原因。另外百分之五是，來幫忙的超市工讀生，阿超，實在長得太帥了。

但若只是這樣，李君娟頂多以後去超市遇到他結帳時，虧一下他：「帥哥，我要買一個塑膠袋。」過過乾癮，養養眼睛。她很確定，她並沒有向老天下訂單。然而，三天後，她要去台南兩天一夜的研討會，早班高鐵車廂裡，坐在她旁邊位置的，竟是阿超。他們互相道句「好巧」，「我去台南開會，你呢？」「我家在台南，我要回家。」「回家跨年喔，很乖哩。」到這兒，李君娟差不多應該就要把研討會資料拿出來看（她有偷偷深呼吸幾口，很好，他身上沒有汗酸味），然後阿超低頭猛滑手機，他們也這麼做了。但一分鐘後，阿超突然開口：「妳……妳還好吧？」

「我……我很好啊……你是指我兒子養貓的事嗎？」她有點跟不上。

阿超語氣成熟沉穩，不像個大男孩：「不是，我兩個禮拜前幫妳結帳，妳買了驗孕棒……」李君娟眼睛瞪大，摀住嘴巴，沒錯她那天下班回來，在超市買了牛奶，等結帳時前面的阿婆很囉嗦一直要換點數什麼的，她想到月經已經遲了兩個禮拜，看到櫃檯旁邊的美妝區竟然有驗孕棒就順手拿了一個。如果眼前這超市男孩不是個乾淨帥哥的話，她應該會覺得遇到變態馬上換車廂。

「我是一個單親媽媽，我沒結過婚，我當然有交朋友的自由，成熟男女會做的事我當然會做，有時候當然有意外，一個成熟的人當然就該去面對它處理它。」她故意用長輩口吻說話，沒注意到連續用了四個當然。

「對不起，我沒有別的意思，我只是覺得為妳心疼。」

李君娟笑了出來，她覺得好像聽到湯瑪士在對她說「馬迷我覺得為妳心疼」，好可愛。但阿超的可愛卻讓她臉紅了。「不聊這個了，說說你吧。」

他們就這樣聊到台南。知道阿超二十七歲，體育系畢業，當完兵，回來念體育研究所，明年畢業。在超市打工，而不去健身房或運動中心是因為他喜歡觀察人們會買什麼東西。（李君娟想，那他應該去24小時購物網上班才對，她之前和那些露水情人們買來玩的東西會嚇死他。）

交過兩個女朋友，都是被拋棄，女生都跑去找更老更有錢的男人了。「這很正常。」李君娟依然是長輩語氣。「真的嗎？可是那樣不是有點噁心嗎？」

她再度笑了出來，原來她自己過去二十年大部分時候的行為，看在一個大男生眼裡是噁心的。比較起眼前這具結實光亮的體育系身體，那些泡在紅酒雪茄裡的老肉，是，是噁心。

她會在台南住一晚，他們下車前約了在她會議飯局結束一起吃消夜。南國歲末的夜晚，沁涼怡人，李君娟放心地坐在阿超機車後座，輕輕環抱他。「哇，這就是人魚線吧！」她大方地摸著腰側，阿超怕癢扭著身體，停紅燈時抓住她的兩隻手。

最後他們來到成大校園，坐在圖書館前的階梯上接吻。李君娟先停了，說：「我才剛拿掉小孩……所以還不行……但如果你想要，我可以幫你。」阿超摸著她的頭髮說：「我不要，要就一起。我等妳。」他真的才二十七歲嗎？她好吃這套。

他送她回飯店，然後回家。但整晚他們line個沒完，寶貝親親抱抱都來了。李君娟以前絕不會讓自己多花一分鐘在這上面，若不是正好外宿，她回到家後就關機，完全切到馬迷模式。奇緣巧遇啊。

天一亮阿超就來到飯店，李君娟沒去開會，他們纏綿了一整個早上，除了進入之外，其他能做的都做了好幾輪。

「是不是因為在台南，我們才可以這樣？」最後一起泡澡時，阿超問。換李君娟整個心疼起來，摸著他的臉，「在台北當然也可以的。」又一個當然。

當然，她潦下去了。他們很快地建立起居家模式：叔叔、馬迷與小湯瑪士。週末一起出遊，阿超開李君娟的車，李君娟坐前座，湯瑪士坐後座。湯瑪士睡著了，兩位大人就握起手，偶爾擁吻。李君娟終於知道為什麼汽車廣告都要來這招。或是，下班路上，李君娟打個電話：「親愛的，先幫我把牛排拿下來退冰喲。」稍晚一家三口共進晚餐。

當然，她媽非常有意見。「妳不要兒子被綁架，是妳男朋友打來要贖金，妳才後悔！」她覺得她媽是「喪盡天良的母親及其同居人」系列社會新聞看太多。她有多愛湯瑪士，她媽永遠不會曉得。那是四倍的愛，母兼父職乘以二，沒見過面的大兒子的份再乘以二。

她媽有次還列印了網路笑話放在她書桌上：

Q：最有效的避孕藥是什麼？

A：普拿疼。因為不是拿來吃的，是拿來夾在兩個膝蓋中間的。

呵哼，是很好笑。但一個母親原來這樣看自己女兒更好笑。撕破臉之後就很好辦，妳跟這世父母兄弟不親是正常。她媽不太過來他們家了。她與阿超也就更無後顧之憂地規劃起未來：「你畢業要回台南教書，沒關係啊，我這邊工作可以辭掉，帶湯瑪士去台南，我在那邊私立學校找個商學院教書。」

直到那根陽具鑰匙圈直楞楞出現，李君娟才被打醒：阿超真的是真命天子嗎？欸母親的苦口婆心不如一根峇里島大鵰。

7.

聽說這世界是由念頭構成，無數個看不到的意念拋到空中相會交織，構成了事件，導出了結果。

「跟阿超還是慢慢來吧」這個念頭才一升起，李君娟當天下午就收到了百大的信。她在大學兼課，google就找得到email，這並不難。

主旨正經八百得很：「孫一鳴來信」。

（沒有稱呼）

展信平安。從網路訊息得知妳工作順遂，為妳高興。冒昧來信，是有一不情之請。內人五年前罹患乳癌末期，三年前我將公司移交給舍弟，全家赴美。

內人於上個月過世。在她意識清晰時，主動與我討論，應該讓小孩知道妳的存在，否則她將抱憾死去。小孩知情後，希望與妳見面。七月底我帶他回台停留兩週，不知可否有機會碰面？知道妳工作繁忙，也許只是喝個茶。當然，完全尊重妳的意願。

他的中文名叫孫威，英文名字叫William。今年十九歲，剛高中畢業，申請上大學，很懂事，喜愛文藝。隨信附上他各階段成長照片。

敬祝　順心

孫一鳴　謹

李君娟不敢開附加檔。她的眼睛被四個字扎得淚流不止，那是：抱憾死去。她是在為這位不但沒見過面、還曾經恨過的內人哭泣嗎？是因為曾經深深傷害一個大學剛畢業的小女生所以得乳癌嗎？那為什麼不是百大？她還沒想過「死」這件事，她那七十歲還可以爬富士山的父親，沒從讓她想過這件事，更別說嘴巴和身體都還很健壯的六十五歲母親。但遠方，有個跟她母親同樣年紀的婦人過世了，留著一個遺願。

他們約在百大和威廉下榻飯店的一樓咖啡廳。

李君娟到的時候，只有百大一個人在位置上，桌上擺了一套三層英式下午茶。他老了好多。從百大看她的眼神，想必也在想著同樣的事。「你都沒變」這句老情人重逢的經典台詞兩個人根本都說不出來。二十年耶，沒變太難了。

「他呢？」李君娟坐下來後第一句話。跟百大在一起，好像她又可以回到那個講話沒頭沒尾眨著大眼的慧黠小女生。

「我想跟妳先聊一下，再叫他下來。」百大那周圍滿佈皺紋的眼睛，發散出來的光芒仍有溫度。

正好服務生過來，李君娟垂下頭，看著菜單，要了有機瑪黛茶。

李君娟忽閃過一個畫面，一幀全家福：六十二歲的老爹、四十二歲的馬迷、十九歲的哥哥與九歲的弟弟。（阿超呢？路人嗎？）先聊一下是要聊這個嗎？她已經學會斷尾求生，開口問：「你現在有伴嗎？」

「有。有個朋友，這兩年一直陪著我。」李君娟不掩飾她的落寞。身體卻被一股電流竄過，對，以百大在床上的賣力程度，應該不會允許這部分的空缺。百大似乎也不知道跟她聊什麼，只是一直溫藹深情看著她。

「叫他下來吧。我想趕快看看他。」

「看過照片了嗎？」

李君娟搖搖頭，故意找個幽默的說法：「圖片不準，我想直接面交驗貨。」

威廉走進來時，李君娟真的像見外國客戶一樣站了起來，害百大老爹也不敢坐著，他們三人客套地站在這鋼琴現場演奏的高級咖啡廳裡，威廉像是自己彩排過，伸出手，與李君娟相握，說：「娟姊你好。」三個人才又坐下。

李君娟笑了，說：「太好了，我本來還在煩惱要讓你怎麼叫我。」「叫媽媽妳敢聽嗎？」她大笑起來，太優秀了，小威廉。聰明、幽默、得體。

威廉穿著好樸素的白色T恤與牛仔褲，身上沒有一點住在美國富三代青少年的花俏。（例如現在暑假在路上會看到成群結隊的那些）人家說外甥會像舅舅，他真的長得好像她弟弟年輕時候。寒暄完，來到沉默的空檔。李君娟拿出手機，很自然地說：「給你看看我兒子。」「妳結婚了喔？」「沒有呀，誰說結婚才能生小孩？」「酷！」

她捲動著小湯瑪士從小到大的照片，「哇靠！跟我好像哦！」威廉跟娟姊好快就熱絡起來。百大完全被晾在一旁了。威廉也拿出手機給她看學校活動的照片、他這幾天跟國中同學去的餐廳、他計畫要去看的展覽等等。李君娟正好跟文創沾邊，說有幾個展覽和表演的公關票，明天就請快遞送來飯店給他。威廉說他想寫作，（百大插話：「他國小國中在台灣都拿過徵文比賽第一名。」）但他只想用中文寫，如果不是媽媽生病，他本來想回台灣考大學，他現在還想試試看能不能大二就轉學回來。「好啊，回來了隨時來找我。」李君娟說。

他們交換了手機號碼（可以line和whats app），成為了臉書朋友。

是一場很開心的會面。她真喜歡威廉。一個十九歲小孩，在母親癌末病榻旁知道自己非她親生，兩個月後與生母碰到面，竟然表現得如此自然沉穩。她花了一點工夫，才把這些關掉，讓自己回到小湯瑪士和阿超那個家。

兩天後，她收到威廉傳來的line。他想與她單獨碰面。她帶他去了大稻埕老房子改成的茶館，要了隱蔽的位置。威廉戴著墨鏡，坐定後，他把墨鏡拿下。她嚇了一跳，上次見到的大男生，竟然哭得雙眼紅腫。她忍不住握著他的手，「怎麼了？」（她壓著「跟馬麻說」四字沒說出口。）

「他們真的很壞！」

「誰？」

威廉眼淚又流下來：「妳知道嗎？他們原本竟然跟我說，妳是代理孕母。」

李君娟心裡一寒，還、在、騙。（原來先聊一下是要先串供，是看到我又不忍心了嗎？）

「我本來還想，這真是太酷了，我竟然是代理孕母生的！這可以寫小說了……可是見到妳，我就知道一定不是……我跟我爸大吵一架，我說如果他不跟我說，我就要跑來問妳，他才跟我說實話。」
對，真壞。真的太壞了。（這樣傷害有比較小嗎？或是母親蔡麗真想保住尊嚴，我不是個連卵子都沒有的馬麻呦。這樣她可以接受。）她從威廉對面位置站起來，換到他旁邊椅子，拍著他的背，她可以名正言順與兒子一起咒罵這對拆散他們母子的夫妻，但她只是平靜地、用母親口吻對威廉說：「不可以說自己的父母壞。」
「他們……他們只是我身分證上的父母。」
「但他們至少給你健全的家啊。你知道嗎？湯瑪士一輩子戶口名簿和身分證上的父親欄都是空白的耶。」
她只是想安慰威廉，沒有訴苦的意思。但話一說出口，空氣中竟有些酸楚了。
「但他現在有一個哥哥了。」威廉篤定地看著母親。
「對。」李君娟的聲音哽咽了。
「我可以給他靠。」
「好。」她堅強地發出一個音，把額頭靠在威廉肩膀上，直到確定淚水不會流下來才抬頭。

送威廉回去之後，李君娟突然清晰地感覺到「責任」兩字。原本一個帶在身邊的小二兒子，還覺得自己是個自由自在俏媽咪，現在多了個要上大學的兒子，她應該再更有母親的樣子一點。例如說，她應該認真找律師立個遺囑，以防天有不測。

離開美國前，她用百大給的錢買了一戶房子。她買的時候就想好了，這是給那個小孩的。我不帶走。

8.

百大和威廉在父親節前兩天離開。李君娟本來想大方一點，請他們吃飯，當作過父親節，但太矯情了，再說他們並沒有主動提起。威廉在機場傳了訊息告別，用英文說保持聯絡，希望很快相見。李君娟回他很多愛心和唇印。

而她自己父親節可有重頭戲。她幫一家三口報名了在北海岸的露營大會，下午報到後領取野外求生器材，全家住帳篷，用柴火煮飯，共度無水無電的一夜。隔天上午有一大堆設計給小孩玩的尋寶闖關遊戲，會有大哥哥大姊姊帶領，把拔馬麻可以去聽如何增進夫妻情感的演講，或是直接去泡溫泉增進情感。傍晚，所有家庭一同歡慶重生團聚，在搖滾樂中熱舞擁抱，最後在海灘烤肉放煙火。

往北海岸的路上，李君娟非常確定自己一如往常，同時照顧著後座的湯瑪士，和身邊開著車的阿超。她記得看到海時，還在阿超臉頰送上一記濕吻。

她接著轉頭和小湯瑪士討論著活動手冊上的尋寶圖，不到一分鐘，她感覺車子在往山壁偏倚，她回過身，叫了兩聲，來不及。下一個千分之一秒，碰！整個車頭凹進山壁裡。

她被嚇到了，更別說湯瑪士。她看著阿超大夢初醒樣，驚嚇、困惑、不解、憤怒、洩氣，全交雜在一起。為什麼會開車開到睡著？你不是老把「我會好好保護你們」掛在嘴邊嗎？理性，冷靜，這是意外。她對自己說。但湯瑪士被嚇哭了，她把手伸到後面拍拍他，按下警示燈，一邊對阿超說：「你怎麼會這樣呢？你想睡覺要跟我說啊。」她承認，語氣不可能太好。

阿超用手刷了刷臉，她準備下車查看。

「妳坐好！」沒來由的怒吼。從來沒有人這樣對她說話。

她這才知道他刷臉不是在提振精神，而是，他準備好，變臉。他開始歇斯底里發表演說。粗暴咆哮，大呼小叫，顛三倒四。

「我這半年來沒有一天睡好！妳一直在給我壓力！我會開車開到睡著都是妳造成的！妳有車了不起啊！」後面是一連串問候母親與祖宗的話。

車頭保險桿斷成三截在山溝裡，車子在冒煙，在漏水，不知道會不會爆炸，不知道前面後面會不會有車撞來，不知道山壁上方會不會有鬆動岩石掉下來，很好，現在又遇到一個瘋子。理性，冷靜，要保護兒子。但兒子二度驚嚇哭得更大聲。

「你不要再哭了！」阿超怒罵，狠狠拍了一下方向盤。

後面有一輛小貨車停下來，應該是好心人想要幫忙。李君娟開門下車，開後門，把湯瑪士牽下車。「把眼淚擦乾，好嗎？不要怕，馬麻在這裡。」她緊了緊他的小手。

「哇，自己撞到喔，人都不要緊吧？人沒事就好。」小貨車司機幫忙看了外觀損毀狀況，又開引擎蓋，「水箱破了哩，這不能再開了。」李君娟說她會打電話叫拖車，大哥謝謝哦。她要湯瑪士也跟阿伯說謝謝。

這大約三到五分鐘的過程，阿超始終坐在駕駛座上，一個面紅耳赤的青少年。待貨車開走，他才下車，情緒似乎平靜了些。

你過去做的事情有一天都會找上你。無論好壞。李君娟對自己說，不要再錯下去了，立馬斬斷。「你身上有錢嗎？」她問阿超。他搖搖頭。她從錢包拿出三千元，遞給他：「你自己想辦法回去，往前走一點就有店家，應該可以幫忙叫車。」

她判斷正確。（他沒有把錢撒向海風中，我不要妳的臭錢！）他乖乖的收下了，收好自己的背包，往前走。

她打電話叫了金卡頂級道路救援，拖吊車來拖走事故車，合作的租車公司送來一輛嶄新的車子，「人生總有意外，讓您暢行無阻」。第二通電話，向露營主辦單位取消。

李君娟開著車和小湯瑪士重新上路時，天色已經慢慢黑了。她伸手搔他的肚子，「我們等一下去基隆廟口吃東西好不好？」

「妳專心開車啦！」小大人仍噘著嘴巴。

李君娟忍著笑，心裡湧上溫暖。是那一撞，撞出了阿超真正的想法，或者他是顆草莓，胡說八道推卸過錯，她不管。該慶幸他沒有撞上對向砂石車，也沒有衝下懸崖。她想，回去以後，就把門鎖換掉，手機門號換掉，甚至搬家。她只是覺得愧疚，對湯瑪士。

「我好討厭叔叔！」小孩終於發洩出來。

「他今天是做錯事了。但你要想，他之前教你踢足球、游泳、還幫你清貓砂啊。」

「好吧，我可以不討厭他，但我也永遠不要再見到他，妳也不要，好不好？」

「好。」李君娟抿緊嘴唇。是怎樣，兒子都這麼會催淚嗎？

濱海公路上，她看到前方有個光亮的招牌，是便利商店。

「李一念先生，我可以送你一個禮物嗎？」

「是什麼?!」湯瑪士終於眼睛發亮，臉頰因嘴角上揚而圓鼓鼓。

李君娟把車停下，「我要請你吃冰淇淋。」

小孩開心地衝下車了，站在冰櫃前興奮挑選。「什麼口味的都可以嗎？貴一點的也可以嗎？」馬迷點頭，「我的也給你選。」

便利商店裡，有準備夜遊的大學生機車隊，吱吱喳喳狂購零食。有小情侶，卿卿我我，像是討論著要去哪過夜。

她看著湯瑪士圓圓小小的背影，彷彿時間靜止了，而她感到無限充盈。

這種感覺，在她之前四十二年生命裡，也有過絕無僅有的一次。她和百大住在賭城那幾天，每天睡前，百大會告訴她：「醒了沒看到我，就下來賭場找我。」早上，她換上最美麗的洋裝，坐電梯下樓，在黑傑克賭桌區找到他，然後，看著那背影，直直地走過去。各國賭客來來去去，火辣女服務生高舉托盤婀娜而過，吃角子老虎機音效此起彼落。在最如幻影的場景裡，她卻曉得，他不會消失。每天她都嘗試著走得更慢更慢一點，更輕更輕一點，用最最不驚擾的方式，靠向他的身體。「嘿，起床啦？」他會溫柔地說，把咖啡遞給她。

湯瑪士挑好了，把兩根冰棒舉高，用詢問的眼神，看著媽媽。李君娟點點頭，表示都好。只要跟你在一起什麼都好。她把鈔票遞給兒子，看著他排隊結帳。嘿，李一念小朋友，我真正要給你的，是另一樣禮物，但那等你長大一點再說好了。

就在威廉單獨見她過後兩天。她和百大，其實也私下又見了一面。不，不是開房間，他們連手都沒碰到。

百大打電話給她，說有個提議，但完全尊重她意願。他願意成為小湯瑪士父親欄上的名字，「不管怎樣，對小孩來說，還是不要空白的好。」李君娟答應了。

他們直接約在戶政事務所。辦好手續，走出來時，李君娟很誠懇地跟他說：「謝謝你。」

「不要謝我，是威廉希望我這麼做。我一直不知道該跟妳說謝謝，還是對不起。」老紳士百大帶著輕輕的笑，說：「我用威廉講的話好了，出門前，他請我跟妳說……」

突然的停頓，讓兩人不經意地四目相對。眼神平和清澈，沒有怨懟，沒有條件。

「他說，謝謝妳把他生下來。」

李君娟和小湯瑪士母子兩人對著大海，一人拿著一根裹著脆皮巧克力的冰棒，吹著舒爽的海風。湯瑪士甜甜地笑著，說：「我現在有感覺幸福了。」

「是大海、還是冰棒、還是馬迷讓你感覺幸福呢？」

「妳自己知道答案！」

李君娟忍不住仰天大笑。

她伸手緊緊攬著小湯瑪士的肩膀，看著遠方藍黑色的海平面，說：

「只要跟你在一起，我都很幸福哦。」

3.

搞不定

老K講每個女人的故事，
最後一段第一句的開頭都是，
「我最後一次看到她」。
但是，人生還沒有到盡頭，
怎麼知道哪一次叫做最後一次呢？
老K說最後一次的意思就是，
在最後一次的下一次再碰到這個人，
她已經是陌生人了。

0.
老K回來了

老K回來了。他說，我給妳採訪。

於是，我在採光過剩的咖啡館吸菸區，與他面對面而坐，我面對他背光的臉，他面前是一杯檸檬汁。

通常我採訪的時候都會這樣，先注意對方點了什麼飲料，加多少糖。有時候，如果那人看起來滿有品味的話，我會假裝筆蓋掉了，彎腰去看人家鞋子的牌子和襪子的顏色。

我慣常使用的採訪筆記本慢慢被我慣常潦草的筆跡填滿時，我還是不明白許多年前的夏天在我家拍桌子摔書本叫我去死的人，何以現在比起我採訪過的每個人都還要肅穆莊嚴，清晰地告訴我，他的愛情故事。

老K說：「一個人能主動告訴別人自己的故事，代表這個人過去生命一定有做錯一些什麼事，說的過程是一種懺悔。我想它有被紀錄的價值也是在於這些犯過的錯。」

一字無誤記下這段超完美自白，我仍不禁想起他在我家拍桌子摔書本叫我去死，我在這段話旁輕輕寫上個屁字，圈起來。

但總之，總之他回來了。要求一名寫小說的前女友採訪他。

一九八三年在紐約。和好多港仔租一層樓，布簾拉上就可以和當時的女人做愛和煮粥。兩個人都在中國餐館打工，回家都一身宮保雞丁味。那個女人最愛吃肯塔雞的皮，對於她他只能記這麼多。他臉上有愧疚。

一九八九年份的情人在他回國又要出國時在機場很大聲地唱張信哲的愛你愛我愛你愛我我們愛這個錯，唱到他出境。只聽過那麼一次到現在他都還記得怎麼唱。是一個有外省姓的女子。六四天安門那天他們並躺在床上，做了女孩的第一次。

一九九五年他父親過世回到浙江農村。天乾物燥，使得他跟遠房表嫂搞了幾回。出殯時長子要坐轎，他前一夜搞太久體力不支，從轎裡摔了出來，捧著神主牌位在黃泥巴路上滾了幾圈，送葬人群嚇得四處跑。

很多事都是他以前跟我說過的，有些人名還是我幫忙想起來的。

最後我們一起做了年表。名為老K女人按年份排序之一覽表。若當年國家世界局勢正好有什麼大事，一併註記。

他把每個女人的名字連名帶姓告訴我，我也打算在小說裡就這麼用，而不用A、B、J、X、Z等代號，一方面基於紀實，還有另一原因是，嘿，26個英文字母，還真的，不夠用咧。

在老K仔細端詳這張表格時，我問了第一個問題。

我問，老K為什麼每個女人都會離開你？

老K說，就，搞不定了。

1. 老K的星期一早上

老K在星期一早上起床，很想找個人來搞，疑惑她她她昨天晚上怎麼沒打電話來。從博物館志工或醫學院女學生開始打，沒人接或語音信箱，就打下一通，絕不撥同一號碼第二次絕不留言。約好一個白天正好沒課或輪休的年輕女生，然後說我在忙瑣碎的事過來幫我好嗎？當然彼此都知道，行程的大部分是搞，然後才是令人期待的約會。敲定之後他開始收拾房子，把一些證據抹去，像是女人送的刮鬍水再收回櫃子，一些貼心的紙條也趕緊揉掉丟入藤編垃圾桶。正在收拾電話響起，原來是剛剛撥的一些正好沒接到的人回電了。已經敲定了他就不會更改，他認為這是禮貌，對人的基本尊重。老K一樣說我正在忙瑣碎的工作啊，沒有說來幫我好嗎，純情又勇敢的女孩問了，要不要我幫你，他說不要了不要了，妳忙吧我再打給妳。

行程有長有短，大致是二天一夜。第二天白天天氣好心情好就出去走走，但吃完晚餐就各自回家。

老K覺得自己一視同仁，說過的話，再對不同一人說一遍，笑話也是，承諾也是。有些自己離開的人讓他覺得深刻，就變成一個故事對下一個人說。她們都很聰明，不會問東問西，他覺得每一個他都愛，所以並沒有特別對不起誰，從來不需要覺得虧欠或愧疚。有些離開就不再回來的人，他也毫不留戀，他知道她是跑去愛別人剛好別人也愛她了，但有時看完一部電影或一本書的時候，還是打個電話給她。若她也剛好脆弱，他們就還有無限可能，而且彼此都更清楚明白，更不會有牽牽扯扯。

如果來了，她穿一件他不喜歡的緊身衣或蕾絲內褲（更多訊息，詳見老K的嗜好與品味一節），他也不會草草打發她走，他覺得他自己充滿人道關懷，頂多沒有第二次。他說一次只能一個，他調節得很好，他希望他的女孩們都能愈來愈明白，不要吵不要鬧，這樣的話，他就會好好愛她，很久很久很久。

2. 葉書的葡萄柚

葉書走了。

老K看著一張桌子發呆。那是老K家的餐桌。

這時是清晨五點鐘，老K起來小便。他走到廁所，出來，再進房間，葉書已經不在床上。他走回廁所，開燈，葉書已經把鏡台上的保養品收得一罐不剩。他再走回房間，打開衣櫥，葉書的衣服果然也一件不留。他想，葉書不可能趁他剛剛睡覺時打包好這些東西，想來是籌劃多時，也許旅行箱老早大剌剌擺出來了，而老K渾然不覺。

老K躺回床上，想起昨天晚上葉書回來，把一袋葡萄柚擺在餐桌上。

老K起來，看著餐桌發呆。

葡萄柚一共有六顆，他像練習投籃一樣，把五顆葡萄柚一顆一顆投進垃圾桶裡。留下一顆，放進冷凍庫。這，已經是十多年前的故事。

葉書是和老K住在一屋簷下最久的女人。至於老K做了什麼王八蛋事，讓葉書用葡萄柚來告別，後面會再講到。

這邊的重點是，每個和老K睡過幾次的女孩子，老K就跟她們說這個葡萄柚的故事。睡過幾次大概差不多也發展到兩人會手牽手下樓到超商買一盒雪糕回家的階段，而女孩子對老K家的熟悉度與使用自由度，也到了可自行開關冰箱。

女孩把雪糕放進冷凍庫，當然會禮貌性地窺探一下，這個男人的生活痕跡，很容易就在只有兩包冷凍水餃的冷凍庫裡發現這顆冷凍葡萄柚。

老K順勢說了這個葡萄柚的故事。他換冰箱，葉書的葡萄柚就跟著他換到新的冷凍庫，積霜覆雪，越來越乾，變成一個情感的化石。老K說，這個葡萄柚化石提醒著他，他曾經深深傷害一個女人。

女孩聽了都要揪心肝，想著天地洪荒有朝一日情感不再，這個男人會不會也為我冰上一顆葡萄柚或柳丁，來見證我們曾經愛得轟轟烈烈呢？

每次通過葡萄柚這一關，老K耳邊都會響起超級瑪利吃了金幣的叮叮聲。老K在女孩心目中就像添了兩千分金幣。女孩們開始相信，老K是某種變種人類，這種人生來容易傷害別人，他們無能為力，但在他們心中，永遠藏著深深深深的懺悔。這種人可以簡稱為懂得懺悔的豬八戒，或者，懷有罪惡感的大爛咖。但老K的女孩們此時愛沖昏頭，並不這麼想。待有一日神智清明，提到老K，便可直接省略形容詞子句，破口大罵豬八戒，或者，大爛咖。

但也有一類女孩，一開始就清明得不得了，來到葡萄柚這關，冷冷地說：「傷害都傷害了，這樣做有什麼用呢？我看這個葡萄柚是你的把妹工具吧！」（詳見再生能力很強的杜莎一節）

這類女子，老K相信她們也是某種變種人類，但老K給她們的稱謂就簡單多了，一律稱為：難搞。

3. 宋長安並不是兇手

宋長安常常希望自己難搞一點。她認為這樣自己將不會顯得太平庸。但是她唯一的一招，就是一聲不吭把自己反鎖在浴室裡，然後等老K用硬幣把門打開，這時老K會對她說，「長安啊妳又在cranky了。」

Cranky，只是鬧情緒鬧彆扭，並不等於難搞。而且宋長安很愛哭，光是這點就輸了。輸給誰？對宋長安而言，她的對手就是葉書。但葉書的離開，宋長安並不是兇手。因為，簡單嘛，兩相較量，宋長安在老K心目中的重量，遠不如葉書。她們是老K同時來往的女孩，不一樣的是，葉書早已坐穩同居女友的寶座，宋長安明顯是個甜點。

老K說，宋長安不難搞，是因為她還懂得慈悲。當然這邊的慈悲是很浮面的。例如葉書的老爸重病住院那段時間，宋長安因此獲得在老K家的過夜權。到了晚上，當老K與葉書電話熱線，宋長安連打個噴嚏都躲到浴室。

有天晚上老K與葉書實在講太久了。葉書硬是要老K幫她找某一本書裡面的某一段話，唸給她聽。這是女友的特權，找東西只使用關鍵字。默契大考驗。男友老K就必須像個繁忙的搜尋引擎在家裡找起來，軌跡所及，都提醒著宋長安，這是他們的共同生活空間。顯然默契不足，老K把無線電話夾在肩頸之間，在書房、客廳、臥房走來走去，移動範圍越來越大把宋長安越逼越遠，最後她賭氣，乾脆再把自己鎖進浴室裡。

宋長安穿著褲子坐在馬桶上，聽老K在門外唸書。結果老K掛上電話後，只是到浴室門口敲兩下，問一句妳好了沒有我尿很急。宋長安只好出來了。老K接著進去撒尿，連一句，妳肚子不舒服嗎，都沒問。宋長安這樣一個角色，老實說，還滿心酸的。

但老K也不是那麼粗神經的人，有次在他家突然天冷，他叫宋長安自己去衣櫥找件長袖襯衫披著，宋長安久久不出來，老K知道她又在cranky了。她cranky因為她發現老K與葉書的衣服，該掛的該疊的，整整齊齊，分成男生一邊，女生一邊，若是雜亂地混在一起還不會讓宋長安這麼難過。這座收納功能良好的大衣櫥展示著他們牢固的生活秩序，牢固的關係。宋長安盯著放內衣褲和襪子的那格抽屜發呆。

老K走進房間，用兩隻手在胸前畫著一個正方形，說，「長安啊妳也有好大一格在這裡啊！」宋長安自動解讀為「貼心」。是的，她是很貼心。

在那個還沒有手機和電子郵件的年代，貼心舉動必須完全手工，迂迴許多，也容易被抓包。

東窗事發時，葉書正辦完她老爸的喪事，回到她與老K的公寓，拖著箱子進大門，開信箱。雖然葉書受過良好的高等教育，但也知道，看到一個飄散著稚氣香味，娟秀字體寫著收件人是妳同居男友的信封，沒錯，趕快拈拈裡頭是什麼，如果你感覺到，內容物像是一張照片，這時，尊重他人隱私那套可以趕快全部都忘記。

4. 請多陪她娘

常理推判，能夠寫出這樣秀氣字體的人，不管用油性筆還是水性筆，在亮面相紙背面寫完字，應該都會嘟起嘴使勁吹吹搧搧。但娟秀字體還是暈開了，寫著：「請多陪她」。四個長毛的字，像在發抖。

這張名為請多陪她的物證，正面卻是老K與宋長安兩個人頭靠頭，站在像是大學校園湖邊的合照。這點還真的不知該說宋長安是有心機還是有創意。

但是，很奇怪，你偷吃被抓到了，究竟是不忠比較要命，還是侵犯隱私比較嚴重呢？葉書是個不知壓抑為何物有話直說的土象星座人，葉書和老K跟所有的固定伴侶一樣，連這個問題都跳過去了，直接到了，給我一個解釋。

這樣的照片，以老K的撒謊功力，要說出一個讓葉書信服的解釋是不難的。喔這女生是日本來的留學生因為想跟日本的男友分手叫我陪她拍一張這樣的照片，助人嘛，她還寄照片來了喔，呵呵真有心啊，還說日本女生比較漂亮，我看她沒妳一半好看啊。

比這些高招的謊言，以前被用過許多次，每次都順利蒙混過關。

但這次，行不通。因為，宋長安，是葉書的高中學妹。

葉書直接說，「你覺得我在幫你拉皮條嗎？」

既然已經無法翻轉成為豬八戒的局面，老K乾脆豬八戒得徹底一點，對葉書說：「我就跟妳說我不去你們那個同學會，妳就硬要我去，那妳不也是共犯嗎？」帶男友去同學會，等於幫男友拉皮條，這樣的話要實證論者葉書相信實在是有點難，但要葉書相信老K會講出這樣的話卻挺容易的。

葉書絕望又輕蔑的表情，讓老K再豬八戒加三級，說：「是長安主動倒貼的！」葉書以老K來不及反應之速度，翻出隨身小電話簿，拿了電話，待老K反應過來，已經是葉書對著話筒說：「他說妳倒貼，妳說呢？」

老K搶過電話，背對葉書壓低聲音說：「長安拜託，跟她說沒有，什麼都沒有。」宋長安在電話這頭第一次感覺到老K這麼卑微，但是她也反應不過來，不知道老K是要她說她沒有倒貼還是要說他們之間沒有什麼。

接著陷入搶電話與拉扯的局面，從聲音判斷，葉書把桌上東西全揮到地上，因此搶到了電話，宋長安第一次感覺到以冷靜理性著稱的學姊葉書這麼情緒化。

葉書說：「喂？」宋長安說：「對。對不起。」宋長安急著想補充，第一個對的意思是我緊張到口吃了，並不是說，「對，我倒貼」，但是電話被掛了，傳來冷靜至讓人絕望的嘟嘟嘟聲。

嘟嘟嘟聲的這邊，掛上電話的葉書，對老K說，「你去多陪她娘吧你。」

5. 老K與宋長安的漁村之旅

老K原本一直以為，他會不停劈腿，都是因為葉書不夠有幽默感。但葉書這句她娘，卻讓他一整個興奮了起來，吟詠再三，每次都停在想笑又不敢笑的表面張力上。而撂下這句經典對白的葉書，拖著行李箱下樓，又回她娘的家去了。

老K對於接下來該怎麼辦，心中有譜，而且，胸有成竹。但他還是先開始了撿石頭遊戲。

宋長安將永遠不會知道，老K在找她以前，已經打了一輪所有女人的電話。得到的結果是，沒有人，想接收老K這個搞不定的爛攤子。

認定自己闖了大禍哭成熊貓眼的宋長安，則在電話旁邊趴了一天。

起來擤鼻涕的時候會順便檢查一下電話有沒有掛好電話線有沒有插好。老K也將永遠不會體會到，這種無聲的守候，不但是一種花癡，也是一種慈悲。

現在的他只想找塊浮木。

找到宋長安，老K帶著她坐上國光號，往東北角的漁村去，住在濕氣逼人的陰鬱旅館。一路上，老K說了很多，宋長安對他而言多麼多麼重要的話，宋長安卻不敢問，那請問我晉位了嗎？

宋長安對老K來說到底是什麼呢？有個通俗易懂的名詞叫備胎，聽起來是很不堪。但，事實上，就是如此。

漁村的晚上，兩個人躺在床上。老K的一堆屁話已經進行到討論生小孩的階段，宋長安沉浸在小婦人的喜悅中。接著，老K輕輕抽出宋長安枕得正安穩的那條手臂，說，「我餓了，自己下去買一下東西，妳留在這裡。」宋長安雖然單純，但不至於白目，她知道老K想獨處就讓他獨處，不然是找麻煩。一旦找麻煩前面講的那些未來都會幻滅。

宋長安自己一個人在房間裡吸著發霉的空氣，盡量把它美化成是一團團幸福的空氣，正向她包圍過來。如果那時已經流行芳香精油，宋長安大概會從包包裡拿出一條薰衣草或天竺葵乳液，輕緩地在手部足部肩頸部按摩，以呼應她此刻心境。

宋長安想，果然備取有一天會變正取。這是老Ｋ那時最常跟她說的話。宋長安當時正在考研究所，從北考到南，每一所都是備取。不知道這跟備胎的宿命有沒有關係。每當最後結果是沒有備上，老Ｋ就會安慰她：「長安啊，不要緊，備取有一天會變正取。」

宋長安等著時間過去，等著幸福未來找上她。她問自己，如果老Ｋ要的是另一種結局呢？她的答案是，如果老Ｋ買了農藥上來她都會喝。然而時間實在已經過太久了，久到宋長安懷疑老Ｋ自己買了農藥在樓下喝掉了。她決定帶上鑰匙，下樓去。

踏出旅館門口，海風刺骨，細雨斜飛，一盞路燈都沒有，濱海路上砂石車飛速駛過。宋長安看到斜對面有家要開不開，要關不關的雜貨店，判斷老Ｋ應該往那裡走。慢慢走近，一整個毛骨悚然起來。她聽到淒厲的哭聲，嚇人的是，那哭明明就是假哭。看看周遭，並沒有任何喪家，宋長安從腳板一直抖上來，兩排牙齒格格作響，發抖的原因是，她發現哭聲的來源了，是坐在髒兮兮的騎樓地上的老K。

更嚇人的是，這哭聲連著老K，而老K的手連著一個話筒，話筒連著一條電話線，電話線連著牆上一具髒兮兮的投幣式公用電話。老K正在對著話筒假哭，稀稀糊糊的聲音仍可辨別，是：「書書馬麻，我好想妳，哇哇，妳不要離開我，妳原諒我，哇哇哇。」

好一個書書馬麻。宋長安從沒想過老K還有這招。但這只是第一痛。她站著，與老K距離五步之遙，無法動彈，無法出聲，臉上幫老K爬滿他的哭聲該有的淚水量。

下一招，才真的教人痛徹心扉，哀莫大於心死。宋長安恨不得自己站在原地馬上死掉。那是，老K發現宋長安了，他一面繼續對著話筒假哭，一面伸出沒有拿著話筒的那隻手，兇惡粗魯地快速揮動，要宋長安快走。表情齜牙咧嘴。

宋長安知道自己不甘心這麼容易就走掉，她下意識竟想要拿塊石頭往老K砸。而這時，第三痛來了。她四下張望找石頭時，發現老K屁股旁邊有包營養口糧。這包扎實的零食顯然是老K準備好的道具，等下上樓裝作沒事，連臉都不用抹一下，只消對宋長安說，哎呀我為了買包餅乾走了好遠。

但這第三痛並非完全是折磨，宋長安痛到整個人清明起來，破解了老K所有謊言。

我突然臨時肚子痛今天別見面了→是突然臨時碰到一個辣妹。我媽生病了→是我要去另一個約會。我去研討會兩個禮拜不能聯絡→是我出國逍遙去了。

老K的假哭聲漸歇，像是與書書馬麻達成了某種你好我也好的協議，正準備簽字畫押。宋長安突然五步併兩步，衝上前去，像要逮住證據般，抓了地上的營養口糧轉身就跑，穿過馬路。

馬路中間突然殺出一輛飛快的砂石車，鳴了一長聲嚇死人不償命的喇叭，閃了好幾下不留情的遠光燈。那時全台各地的砂石車們，對於交通意外的最高處理原則都是，撞死為止。

自然，沒有，尖銳的煞車聲。砂石車光速般劃過，老K眼前，一片光白。

待四周恢復靜寂，他才看見，宋長安，已經在馬路對面了。在那千分之一秒，抓著營養口糧的宋長安，像獲得了神力，透明穿過砂石車。

經歷了生死一瞬的兩人，現在隔著一條濱海公路，並沒有油然生起什麼生死契闊之感。宋長安可以看見，老K繼續若無其事講電話。如果真有殘剩的神力，她真想讓馬路從中間斷成兩半。

宋長安上樓，唯一一招，把自己鎖進浴室。這個浴室沒有老K家的一半寬敞明亮，好幾代拼起來的馬賽克地磚卡著好幾代深深淺淺的黑霉，馬桶、浴缸、鏡台、洗手台也歷經好幾代翻修，顏色都不一樣。但宋長安一點也不在意，她甚至打開了營養口糧，吃將起來。

宋長安那吃法也不是吃，而是塞，要把自己噎死的塞法，她一片接一片，從胃、食道、到喉頭都塞滿了，她還繼續塞，繼續咀嚼，而那咀嚼法也不是咀嚼，而是像要把口腔表皮整個刮下來，把舌頭嚼爛。而她還抽抽搭搭地在哭，眼淚鼻涕一起塞進嘴巴裡。

等到老K用硬幣轉開門的時候，宋長安便嘔出了一堆稀稀爛爛的土黃色口糧泥。

他們回城。沒有再說一句話。

宋長安回到家就接到備取通知，南部的一所野雞大學。她沒什麼猶豫地去唸了。她一方面覺得這是上天給她的福報，一方面心知肚明，那陣子跟老K鬼混，都在忙著躲廁所和等電話，根本沒唸到什麼書。能矇上個學校，也算，好運啦。

6. 後葉書時代

之後有很長一段時間，老K安分守己，與葉書和平相處。具體事蹟包括，一滴酒都不能喝的老K常常下廚，供葉書小酌，他自己會捧杯可樂作伴。他們還做了許多情侶會做、但他們一直以來很嗤之以鼻的事。是的，他們去許多風景名勝遊玩，並且跟這些著名地標拍合照，例如去京都玩，租了和服和武士服穿上拍紀念照。

安定，總是讓人世俗了起來。老K慢慢領悟出來，原來他不是不想要定，而是不想要俗。所以，很快，他又蠢蠢欲動了。

但在老K欲動還歇時，有天葉書下班回來，跟老K說：「有個男同事對我還不錯。」接著，就有了上述的葡萄柚事件。

老K失戀了。

失戀的老K會帶著菸，好幾日鬍子不刮，那就是他傷心的最高境界，再痛也沒有了。這時候，他感到完全淨空的清新美好。他三天兩頭與這攪和，與那勾搭，家裡頓時女人來來去去，絡繹不絕。這一來，可以說他好運，說他高招，說他風流倜儻魅力難擋。

但更重要的是，時代前進了。

到了手機年代，只要要到了電話，後面該發生的事情就噹噹噹發生了。

7. 老K的生辰八字、外貌與職業

每年有幾天，老K會收到生日卡或寫著生日快樂的手機簡訊。

是哪幾天老K也記不住。總之就是和一個女孩子剛在一起時，問到生日或星座，老K會隨口說出一個。不要以為這種事很容易，隨便說出一個日期，然後馬上忘記，這需要一點天賦與勇氣。

天賦來自對一切無掛無礙。勇氣則來自，他要有把握，女孩子不會一開始就要他出示身分證。如果真遇到這種，那就只有拉倒。老K也發生過一次。聊到可以進賓館了，櫃檯登記時，女孩冷不防抓了身分證過來看，馬上大叫騙子。老K摸摸鼻子，走出賓館，與女孩背對背分開，永遠不再見面。

老K日後可以哈哈大笑講這個經驗，靠的，仍是天賦與勇氣。

讓他變成騙子的，不是生日，而是年齡。老K通常會謊報小個十歲。老K的外貌，其實平凡無奇，除了看起來的確可以拿來說謊而不致很快被拆穿。通常女孩子會買單，頂多加上一句，你看起來比較老成。

老K的職業，在此不必多說。老K自有名言，「反正我不管做什麼都是為了把妹。」那麼，什麼職業最容易把到妹？

我們可以說，老K不是畢卡索或克林姆，恐怕不能要女的來家裡畫人體模特兒，順便睡一下。

但其實，好像也差不多。

8. 圖書館的天真小季

老Ｋ有過很多個小季。小季是一個集合。裡面包括小芳小美小玲小雲等，也涵蓋Mary、Helen、Susan等。小季，女大學生，青春無敵，租居在外。她們和老Ｋ相遇的地點大部分是圖書館。

小季讓老Ｋ心動的不只是青春。而是，兩人漸漸熟了之後，小季可能會邀請他到在學校附近的頂樓加蓋分租雅房。老Ｋ跟著小季一起爬上對他年紀來說已經有點負擔的五樓樓梯，還在喘氣時，看到小季的室友，把門拉開小小一個縫，從縫裡看去，地上有一臺電磁爐，上面一只單柄小鍋，正劈叭劈叭地滾著泡麵。這樣的配備，小季房裡也有一套。

這一幕，不知為何，就教老Ｋ心軟。

小季青春無邪，愛環著老Ｋ的脖子叫他壞人，噘著嘴說，你是壞人。

在小季的學校裡散步，小季一定要手牽手，盪得高高。有次他們在操場走了一圈又一圈，越走越快，兩個人手牽手奔跑起來，一邊大聲地笑。

小季常抱一大疊圖書館的書在看，一邊嘰嘴抱怨說好討厭哪本已經預約又被借走了。老K就會拿錢給小季，告訴她，從今以後，妳想看書就用買的。老K也搞不清楚小季是不是真的這麼天真，只是和她一起跑步真的滿快樂的。

最後的收場是，小季懷了孕，她說她已經叫唸隔壁系的前男友陪她去打掉了。老K沒有問為什麼，也許小季自己覺得叫老K陪她去太像亂倫。老K給了她錢，小季沒有猶豫拿了，沒有再出現。

9. 再生能力很強的杜莎

杜莎的出場與警察有關。

杜莎在書店前面擺飾品小攤，那時還叫路邊攤，還沒叫創意市集。

老K帶某一個小季去逛書店，順便故作浪漫，教小季體察都市風景。

老K比著一排路邊攤，告訴小季，啊他們多像美麗的流浪者。小季一眼看上杜莎皮箱上的一條髮帶。杜莎說，這是從印度帶回來的超彈力髮帶，上面的每個圖騰都象徵著印度當地人的信仰。老K在心裡想，啊我的菜。

杜莎為了證明髮帶的彈性，要小季拉一頭，她自己拉一頭，兩個人都往後退，髮帶真的堅韌無比，越拉越遠。就像此時老K的心已經越飄越遠。

這時有人喊：「警察！」杜莎鬆手，闔上皮箱，一夥人四處竄逃。老K跟著杜莎跑。等到警察離去，老K小季重逢，攤位紛紛重新就定位，老K手機裡已經有杜莎的電話。

一年半載過去。儘管杜莎成功地用她從中亞南亞東南亞各國帶回來的藝品，將老K家打造成嬉皮風民族風殖民風，她也無法真正殖民老K的心。

有次，杜莎找不到老K就自己去了香港，也不購物也不遊覽，鎮日呆坐在茶餐廳，就像那些失了業的香港阿叔阿姑一樣。老K飛去把杜莎找回來，兩人搭了天星小輪在維多利亞港吹風，還上太平山頂看了夜景，一路沒有拖手倒也不慍不火。飛回來的飛機老K就罵她自作聰明自以為是，兩個人若有天走不下去了，都是因為被她這麼搞，杜莎就想，輸了，還是輸了。

後來，杜莎跟著潮流，覺得自己需要靜心治療，跑到印度去，跟幾個老外搞得火熱，她才覺得釋懷。等到這些異國露水情緣人間蒸發，杜莎不知道為什麼還是又上了老K的床，她說不知道自己是已經痊癒，還是有更大的失落在後面。

每次做完和老K分開時，杜莎總有一刻感覺空空的，她會叫自己不要回頭，那裡已經什麼都沒有了，不要去找了，她只好把買菸和買保險套的發票貼起來，貼在她琳瑯滿目的民俗風筆記本上，像是糊住此段生命的一個缺口。

杜莎後來跟老K說，每次她離開時，希望就像用粉筆在黑板上寫著：結束了。三個字。然後再像個賣力的值日生，拿板擦很用力很用力地擦掉，到完全看不出痕跡。

可是真實的情況卻像是，用留得太長的食指指甲，很用力很用力地在黑板上寫著：結束了。三個字。還來不及從那難堪的感覺脫逃，到「了」

最後那一勾，指甲斷了，斷了半截。她緊緊地握住指頭，痛了好久，痛到牙齒都軟了。後來還痛了好多天。

但是杜莎說，又不是斷手斷腳，很快就會好的。只要知道會好，就沒什麼大不了的了。

10. 老K的嗜好與品味

老K把上的女生，從來不是性感辣妹，也跟網襪爆乳蜜桃臀無關。如果要老K具體描述，他喜歡的女孩子是什麼樣子。他會說，乾乾淨淨，綁個馬尾，穿T恤和牛仔褲，背雙肩背包，包裡當然要有一兩本書。

11. 安家能力很強的淑惠

但是偏偏淑惠，這位管她姓啥都好的淑惠，不符合以上任一標準，她穿套裝高跟鞋，出入證券公司和銀行，每天在家敷面膜查股價。這類女子，三不五時會收到信用卡送的古典音樂聆賞公關票，淑惠向來送人或任由過期。但這次，她去了。因此跟老K搞上。音樂會畢，她帶老K回家。進家門，淑惠去廚房倒了一杯熱茶，老K已經躺到床上。

「接下來那個動作，會讓我記一輩子。」老K說。

淑惠拿著馬克杯進房間，遞給老K，在老K伸出手來接時，淑惠溫柔地把馬克杯旋轉一百八十度，捧著，將杯子的把手面朝老K。老K的生活隨著那杯子，轉了一百八十度。

他們做了，相較起老K前面跟其他女人做過的一百八十萬次並沒有太大不同。但是，睡前，淑惠又進廚房了。她用透明無瑕的玻璃杯，裝了一杯白開水，放在老K躺的這側的床頭邊桌。

隔天早上起床，老K還在刷牙，淑惠已經在陽台上洗床單曬棉被。老K看到淑惠家的流理台、浴室大面鏡子光可鑑人。後來，儘管淑惠幫老K準備好一套進口設計師品牌純棉格子睡衣，以及同樣花色的棉布室內拖鞋，老K卻已不再去。

因為老K知道了他的人生終極真理，那就是，他要一個家。

12. 錯誤示範：小玉在老K家的十日遊

小玉長得很美，但是有點笨，她結婚四年，有兩個兒子。而她嫌她的丈夫笨，他們之間沒話講。

她這樣跟老K說，並且告訴老K，你把我的心偷走了。一向多多益善的老K說，可以啊，妳就來跟我生活吧。

小玉過幾天晚上就跑來老K家了，青著臉，被丈夫揍的，她要求離婚了。小玉打開行李，老K才發現她帶來一雙小叮噹拖鞋和一頂小叮噹浴帽。隔天早上起來，小玉把老K家所有的窗簾都打上蝴蝶結。而她正在掃地。她說，要去看兒子，便把掃把擱在書架邊，畚斗裡的灰都沒倒。她出門，把老K反鎖在家裡。

這並不是囚禁或驚悚的開頭，純粹因為，她覺得出門就要鎖門，老K用電話叫她回來。不過小玉在床上的表現倒很不錯，知道什麼時候該叫該扭該翻該到。不過，只有這個是不夠的。一向認為自己很在意精神層次的老K說。

所以，十天後，老K告訴小玉，他們之間沒話講。

小玉點點頭，又搬出老K的家。

13. 老K所謂的最後一次

老K講每個女人的故事，最後一段第一句的開頭都是，「我最後一次看到她」。但是，人生還沒有到盡頭，怎麼知道哪一次叫作最後一次呢？

老K說最後一次的意思就是，在最後一次的下一次再碰到這個人，她已經是陌生人了。

老K與諸多女人的最後一次遇見，大部分是在捷運上。他們措手不及四目相接尷尬問候。老K看到好多個小季，變成好多個淑惠。她們可能還綁馬尾背背包，但有的在幫新政府翻譯，有的已經是唱片公司行銷主管。接著，不管下一站是什麼鳥不生蛋站，女人們總會說她正好要在這站下車。「八年不見，八年，我們之中只多出一站的相處時光。」老K會這麼說。

有次老K在巷子裡走著，杜莎迎面而來，她說，要去面交。老K說什麼交？杜莎說，面交。把網路拍賣貨品當面交給客戶。老K說為什麼要取那麼難聽？杜莎說他老土，大家都這麼用。

老K說，那我們也來交一下好了。杜莎說，神經病。這是老K與杜莎的最後一面。

0. 老K回來了

故事的結局總是這樣。字幕打出：「三年後」。老K要結婚了。是個叫孟孟的女孩，心地善良，為人正直。他們商訂好權利義務，談妥家事分配，做好理財規劃。我們經過了許多風風雨雨，現在要開出美麗的花朵了，希望各位親友給予我們祝福。大概就是像現在很多那種感性訴求的喜帖會寫的那樣。

結婚前一週，老K因事要到雲南出差。這回，真的，是真的公務。而孟孟也要南下辦事，不能跟著去。在昆明的旅館，老K想好好睡一覺。電話卻響起，一個男的說，大哥要小姐嗎？老K覺得應該說不要，但是嘴巴比他先回答：多少？

快炒，四十五分鐘，三百。包宿五百。

老K要了快炒。三分鐘後，有人敲門。一個男的帶著一個女的。女的，天啊美成這樣。男的說我告訴你，全程戴套喔。從頭到尾都戴。老K只想趕快關門辦事。

老K躺下來，女的卻拿起電話。老K問妳幹嘛，她說我回報。女的撥了鍵，說：「編號七號，計時開始。」

老K想天啊我在幹嘛，便一手提著褲子，一手把女的推到門口，說妳下去吧我不要了。老K睡了。他從來就很好睡，從不翻來覆去，從不失眠。

第二天早上，他開手機。收到一則漫遊簡訊，是孟孟的同事傳來的。「孟孟死了。更多訊息，詳見email。」

老K走到大廳開旅館的公用電腦，email裡有一個新聞網址的連結。

但是他媽的寄信的人不知道這邊網路封鎖所有新聞嗎？這時，賣快炒的老兄又出現了，低聲說：「我們有法輪功研發的自由門程式，突破封鎖，要嗎？一次一百。」老K覺得他真是個天使。如果世界上多幾個這樣按次收費、明碼定價的天使，該有多好。

老K終於看到社會新聞。孟孟他們的公務車在國道上高速翻車，孟孟被甩出車窗，倒栽在安全島上，當場斃命。

老K想起，這一幕彷彿好久以前就出現過。

是漁村那夜，穿過宋長安的砂石車。老K突然清晰地想起來，那個晚上，宋長安穿了一件白襯衫紮在一條AB牛仔褲裡。那時的牛仔褲，沒有石洗刷白，沒有抓綹或鬼爪，就是服服貼貼兩隻褲管到腳踝。腳踝以下，宋長安穿著規規矩矩的白襪白鞋。他一直看著她的腳。

其實，每個女人離開的時候，老K都會看著她們的腳。看她們毅然決然的步伐，然後他會祈禱，那麼多雙腳之中，有一雙走著走著，會緩慢地、堅定地旋轉一百八十度，走回來，對他說：「來吧，我來把你搞定。」

但是，一次都不曾發生。

然後。

老K回來了。他說，我給妳採訪。

4.

馬修與
克萊兒

剛剛看著一位男士站在流理台前為自己做早餐，
克萊兒其實好想從背後輕輕環抱他，
把臉輕輕貼在他兩個肩胛骨內緣中間的凹槽。
但她不敢，或者說她在等，
這次她連一個小小的碰觸都誠惶誠恐。

克萊兒一定是個做作的馬子，馬修這樣想。

整個晚上她完全沒看他一眼。這是他們的第一次見面，在一個晚宴上。他直覺與她之間有什麼，但她就是不看他，連一個短暫的四目相接都沒有。宴會結束，客人們輪番上前向主人致謝道別，他走過去時，她好刻意地退後了一大步。他知道了，她也明白他們之間必然會有什麼，但她躲著。

這次宴會的電子邀請卡群組信上有所有人的email，他等著她寫信來。三天後，他等到了。他們你來我往一共寫了三十幾封信，中間好多封夾帶自己心愛的歌曲給對方，歌詞都如此赤裸：「我想跟妳做愛，療癒已經開始。」「如果你想要我，請讓我完整。」

終於約了見面，她從皮製書包裡拿出一本日文書送他。書頁吸滿了精油香氣，她說：「啊抱歉那是書包的味道因為我不喜歡那皮味兒，就灑了精油。」他說他沒有不喜歡，心想這馬子還真做作啊。但他沒有不喜歡。

喝完咖啡他邀她上他家喝酒。她酒量真好，兩人喝到已分不清楚是誰想灌醉誰。兩瓶紅酒結束，她雙腿吊在椅子扶手上，雙手勾住椅背，把頭枕在手上，閉上眼。他才明白，她並不刻意也不做作，而是，這就是她。

從她微上揚的嘴角，他判斷她還有意識，問：「為什麼那晚妳連一眼都不看我？」她張開眼睛，說：「那現在看一眼好了。」她看著他，又緩緩地閉上眼睛，嘴角配合著緩緩上揚，接著，像一隻貓般睡著了。

她是真的睡著了。馬修沒想過期待中的約會，竟然以這樣寧靜的方式結束。他坐在椅子上，看著動也不動的克萊兒。她胸部大，卻很會遮。穿合身的T恤，一定再圍一條圍巾，現在睡了，圍巾直接攤了當毯子用，更是什麼都看不到了。馬修歪頭，從她身側圍巾沒蓋完全的縫隙，窺看那腹部上方到鎖骨下方的弧度。對，是大沒錯。

馬修看著克萊兒均勻的吸氣吐氣，打起瞌睡。他也真的想睡了。但他有點手足無措，要這樣面對面，一人一張單人沙發，像在飛機上與陌生人一起入睡般地，睡到天亮嗎？

有點蠢。這是我家耶。馬修想。於是他還是進浴室梳洗，再出來時，克萊兒竟已經自己換到長沙發上，躺得好舒服。馬修飄過一個念頭：這不會是要我壓上去吧？但他只是到房間拿了薄被，完全沒碰到她身體，幫她罩了上去，關了燈。

只是兩個人都睏了。有時候事情就這麼簡單。

三個小時後，克萊兒醒了，被一陣噁心感催逼得醒過來，快速彈下沙發，進了客人用的浴室，對著馬桶狂嘔。她醉了。但她知道，吐完會比較舒服。她仔細地拿衛生紙把馬桶邊邊飛濺出來的葡萄紅色汁液擦乾淨，用熱水洗把臉。她坐回沙發上，心想好險沒吵醒馬修。如果這個男主人衝出來說，妳還好吧妳有沒有怎麼樣要不要我扶妳（妳有沒有把我浴室弄很髒）？克萊兒想，天哪那會讓她無地自容。生病是很個人的事。她忘了在哪裡讀過這句話，她非常贊同。

克萊兒應該去想她昏睡前發生的事，但她沒有。好奇怪她想起了她母親，傍晚她出門前，與她母親的電話。

母：妳沒事辭掉工作幹嘛，妳現在有在賺什麼錢？

克：我有我自己想做的事。

母：是什麼事？有什麼事比賺錢更好？

克：哎呦，妳不要管那麼多，我自己知道我在做什麼。

母：我是在關心妳，關心一下都不行？

克：謝謝妳。謝謝妳。謝謝妳。謝謝妳。謝謝妳……

母親喀嚓掛了電話。那正是克萊兒希望的。

「她們一定是故意的。」對，這是丹丹與她得到的結論。丹丹與她因此成為好姊妹。因為之前只要克萊兒向周圍友人和長輩抱怨起母親，得到的總是，妳要多體諒，她是為妳好，天下父母心，等等屁話。

只有丹丹，也是一個受到母親欺壓的怪女生，誠實地說出母親們的壞心眼：她們一定是故意的。她們故意用關心之名來惱火你，測試你的底線，最好你又氣又哭中她們的計，她們最開心。

但如果不是辭職，她不會遇見馬修。那是她前老闆老吳的生日宴會，明明是為大哥祝壽，老吳卻把焦點都移到她身上，哎呀，我痛失愛將啊。馬修是老吳的大學同學，兩個人都學建築，一個在教書，一個在賣房子。克萊兒是老吳建設公司的文案。馬修剛從國外厲害大師的事務所回到台灣，在私立大學空間規劃還是城市設計系教書。

會想到母親，一定是稍早馬修喝酒時講到我爸媽完全不管我，讓克萊兒好羨慕好羨慕。馬修還說了啥？說他有個老婆，在香港工作，金融業高層。他們每三個禮拜碰面一次，相處一個禮拜。大部分是馬修飛過去，那一個禮拜，他老婆就不進公司，每天早上只要坐在書房電腦前開半小時的視訊會議。接著他老婆會上市場買菜，煲湯給他喝，或他們找個離島健行吃海鮮去。這也讓克萊兒好羨慕好羨慕。

「我們現在很好。」馬修說。

「現在？那意思是以前不好嗎？」克萊兒問。

「不，以前也很好，一直都很好，但我不知道未來會不會好。所以只能說現在很好。」馬修說。

一定是這句愛妻宣言，讓克萊兒斷絕了今晚與馬修上床的期待。最後那半杯紅酒，哇啦哇啦大口喝下，她打算媚然一笑，說：「謝謝你，今天晚上很開心。請幫我叫車。」沒想到幾分鐘時間竟坐在沙發上越坐越沉，睡著都不知道，不小心又搞成一日遊。

一日遊。她最後的房地產文案得意作品，打算用在宜蘭溫泉套房建案，卻被老吳打槍。這位老闆說，聽起來很像一夜情或七次郎。太會聯想了吧大哥。她改成了「小旅行」。聽說預售就賣光光。

馬修沒關門。主臥的門敞開著，儘管克萊兒不是省油的燈，她剛剛也毫不害臊就著紅酒，對著這位第二次面對的中年男子侃侃而談她戰績輝煌的愛情，但她這次並不打算像以前在別的男人家做過的那樣，脫得剩下內衣內褲，主動爬上黑暗陌生的床。她選擇繼續留在沙發。

馬修房裡傳來咳嗽聲。克萊兒馬上匍匐在沙發上裝睡，雙腿優雅彎曲。但馬修並無動靜，只是咳嗽罷了。

幹嘛呢，唉。克萊兒只是覺得，這樣比較不尷尬。而優雅，向來是她維持不尷尬的方式。

克萊兒三十四歲了。馬修張開眼時，這行字彷彿被用好看的印刷體打在亮白的天花板上，像一行電影片名字幕，或雜誌的標題跨頁。直接，雅致，但有一點點悲傷。克萊兒說她習慣早睡早起，正如此時，馬修可以聽到客廳傳來細微的聲響，那是克萊兒翻書的聲音。

馬修決定要有男主人的氣度與風範。出了房間，遞給克萊兒一根新牙刷與一條新毛巾，是某次帶去旅行沒用到的，還有一點旅行箱的味道，但找不到其他的了。反正他知道克萊兒就算要嗅嗅聞聞，也不會在他面前。克萊兒進浴室，馬修站到流理台前。這時他才想到，哦，那晚克萊兒會特別引人注意的原因，不只胸部大，不只是老吳愛將，還有更重要原因是，她吃素。素菜一上，大夥就轉到她面前。克萊兒總客氣地點頭，然後大方地挾菜。那個客氣點頭貌，剛剛接過牙刷時也做了一次。

那晚出到餐廳門口，馬修本來想跟克萊兒說：「妳一定是天秤座的吧。」可是覺得這樣一聽就像是在把妹，所以他改成：「我聽老吳說妳是日本自助旅行達人，改天再向妳請教。」她像個日本旅館女將般欠身點頭，沒多說一句話，沒多看他一眼。

三天後就寫信來了：「真不好意思那晚沒與您多聊，有什麼問題請隨時問我哦，我會盡所能回答。」馬修亦是客客氣氣地回了很長者風範的信，只是在最後加上了：「P.S.妳的圍巾很好看。」克萊兒再來信，寫了她某次一個人的日本雪地之旅，走到大腿雙頰都凍僵發疼，信末不甘示弱：「你的手指好纖長，拿起酒杯時真好看。」接著，我喜歡妳笑起來時的兩個酒渦。你在建築月刊那篇寫科比意的文章寫得真好。我喜歡妳身上散發的勇敢，那是我身上沒有的東西。我喜歡你的笑聲，好像把自己放進去就好心安。然後是歌：「我想跟妳做愛，療癒已經開始。」「如果你想要我，請讓我完整。」然後，砰！現在他們要面對面吃早餐了。

洗過臉的克萊兒看起來非常純淨。但她好像急著讓這安靜的早晨趕快熱絡起來，像是剛剛在浴室已經演練好一套台詞，出來就對馬修說：「人家不是說喝醉酒會做出異於常人的事嗎？我平常就睡得異於常人地多，所以醉了，也就是睡了。」講完吐吐舌頭。

馬修太注意看著她被舌頭稍稍劃過的雙唇，沒有答話。克萊兒覺得自己這句話一定很無趣，所以垂下雙眼，收起俏皮。馬修回神，調整呼吸，恢復男主人的自信自適：「哦，我是要問妳，奶和蛋吃嗎？」

克萊兒始終覺得濕透的毛巾有一種失敗感，敗給庸常生活，儘管擰乾，掛在浴室卻像隨時會發餿。她洗臉總以臉潑水，毛巾只用來擦掉臉上的水珠，剛剛她也這麼做了，把毛巾掛在浴室（帶走太小家子氣了吧），而把牙刷帶走（留下來太不好意思了吧）。她看到馬修快速晃著右手，打著蛋，暫時不會抬頭。把牙刷放進包包時，她瞄了一下手機，昨天和馬修見面後就切成無聲。有一個未接來電，麗莎。

那件事已經過了兩年。麗莎最近又回到從前，積極約她喝茶，克萊兒一直藉故推掉，麗莎上禮拜說：「我們家沒人再提，妳也不要放在心上了。過幾天有個童裝特賣會，陪我去嘛，妳眼光比較好，比我還會幫小孩挑衣服耶！」她心軟答應了。大概是打來要約時間了，克萊兒不接電話是正常，麗莎曉得的。不急著回。

葉麗莎和強是大學班對，大二分小組做作品時，三到四人一組，同學們快速小圈圈湊攏成一團一團，就克萊兒一個人像在等著被撿，麗莎拉著她一起，這三人小組大二到大四，都拿全班最高分。麗莎和強畢業後先一起去紐西蘭度假打工，回來後她當研究助理，一邊等強當兵退伍。兩個人都正當工作穩定薪水，結了婚，一年後生老大男生，老大要讀小一了，又生了個妹妹。好像上輩子就已經修好了，一切照進度走，沒有猶疑困惑。

是去麗莎家看小女娃那天，遇見了葉。麗莎的大哥，長得高大斯文，在客廳和強研究著電視數位盒，克萊兒卻感覺到那雙灼熱的眼睛一直跟著她。葉媽媽住到強和麗莎家來幫她坐月子，開心地說著，好巧啊我生三個也都差七歲，這樣好，大的都幫忙帶小的。克萊兒偷偷算著，所以大哥比麗莎和她大十四歲，看不出來呵。葉媽媽繼續念著，兩個哥哥搞時髦，都不生，反而莎莎最乖，人家說我帶外孫帶半天又不姓葉，我說兒子女兒生的我一樣疼。她二嫂現在才想生，搞得要去打排卵針，活受罪。

如果想要知道一家人的閨房八卦，趁著其中一人生小孩時來訪，包準豐收，克萊兒想。葉媽媽去陪七歲哥哥看巧虎時，麗莎低聲，比比外面的大哥，說：「在鬧離婚啦，我媽剛跟我說的。」她說不然她大哥平常怎麼可能來，就是想躲咩。克萊兒裝得事不關己，其實心裡在吶喊：哇，機會來了。

「機會」卻早她一步道別，沒有交換聯絡方式。也許他會假借要買房子或找外包文案之類的跟麗莎問她電話，克萊兒朝未來發出念力，才三分鐘，麗莎家的電話響了，七歲小男生跑過來搶著接：「喂～舅舅～好、好、電視上哦，我知道。掰掰。」小男生照著電話裡的指示大聲宣佈：「馬麻～舅舅說他有一本書放在電視上，請克萊兒阿姨幫他拿下去，車子在門口。」

房子裡四個大人都聽到了，也彷彿都知道這是什麼意思。克萊兒瞬間臉紅到耳根，其他三人也都看到了。空氣中滿溢姦情的暗示，詭異的是，這竟是通過童稚無邪的聲音放送出來。好高招哪。大家心照不宣，努力不往任何曖昧方向想，裝作沒事。葉媽媽先開口化解：「哎呦怎麼這麼迷糊，強你拿下去啦，克萊兒再坐一下嘛！」克萊兒提起勇氣，站起來，壓著顫抖的聲音，禮貌微笑，說：「沒關係，我也該回去了。」

那是一本黃仁宇的《萬曆十五年》，果然好企業主管品味。克萊兒在電梯裡快速啪啪啪翻一遍，葉在好多地方都齊整畫線，克萊兒把頭埋進書間深嗅一口（顧不得全部都被攝影機錄下），她已微微興奮。出了社區大門，葉的車在門口。克萊兒從車窗把書遞給他，葉說：「我送妳回家吧。」上了車，葉的手就過來放在她大腿上了，克萊兒用兩隻手抓著，十五指交扣。三隻手不知哪隻引導哪隻地，一直往兩腿之間探去，她只能夾緊回應。這車子裡唯一在辦正事的那隻手，葉轉著方向盤的左手，也不怎麼安分，食指輕巧快速拍打著方向盤皮套，佯裝好像在跟著車裡音響播放著的Bossa Nova打拍子，克萊兒受不了了，抓著他溫暖的大手直接滑進她的內衣裡。葉的食指在裡面纏繞拍打，克萊兒細聲呻吟，低頭吮咬著葉的其他指頭。每停一紅燈，葉就撲過來送上一個大舌吻。

他們做了，當然好得不得了。克萊兒不喜歡在床上講太多調情的話或做使用者滿意調查，卻也破例在葉耳邊嬌喘重複：「你好膩害哦。」葉會把她翻到背面或側面，說：「還有更厲害的，想要嗎？」他們每次就這樣要個沒完。克萊兒自認已有些絕活，例如說含了冰水再幫他含，或塗了泡芙卡士達內餡再讓他舔。但葉要的更多。有次還變出一條奶油，克萊兒玩不起，兩個人推推笑笑打打鬧鬧，葉說為什麼泡芙可以奶油不行？克萊兒也說不出來，大概覺得那味道太粗魯濃厚。克萊兒說我不是就要去北海道員工旅遊嗎？我買馬油回來我們再來玩嘛！

葉不能不回家，雖然他說回家也就是睡沙發。他說他老婆那控制狂連砸屋子都分類，有次他晚回家，她把所有鏡子和陶瓷玻璃製品全都打碎，滿地碎片，自己坐在彈簧床上如守孤島，等著葉回來清理。「我換上登山鞋，開始像剷雪夫一樣低頭猛掃。她說下一次就是燒所有能燒的。」「所以你有登山鞋哦，那下次我們可以一起去爬山囉？」克萊兒避重就輕無厘頭，她覺得幽默感可以幫葉降低偷情罪惡感。葉和以前那些男的不一樣，他並不藏，帶著克萊兒上餐廳看電影，走到哪都手牽手，街頭擁吻也沒在怕。她想，他要不是很老手，就是一片真心。她寧相信後者，因為每次見面葉都會報告新進度：她最近好多了、協議書都印好了、我要準備找房子了。

去北海道之前，克萊兒先回家一趟，當個乖女兒，陪媽媽上市場，她有點按捺不住，很想跟母親說，我遇到一個很合的了，這次會成的，但她忍著。在市場，克萊兒勾著母親的手，幫忙提這提那，難得母女倆興致都好。突然，一個高瘦女子衝了過來，朝著克萊兒，揮手就是一個熱辣辣的巴掌，咆哮說：「怎樣?!我是葉偉信的太太！」與母親相熟的菜販肉販們都看見聽見了，克萊兒沒有吭聲，拉著母親轉頭往外走，出了市場，母親還沒開口，她用不亞於巴掌婆的音量壓住她：「別問！拜託！我知道我在做什麼！」

巴掌婆。呵，是啊，兩天以後去北海道，在那冰天雪地和丹丹喝掉一整瓶余市威士忌，就可以對這一段一笑置之了，奶油男與巴掌婆，兩個台灣女生在一堆日本歐吉桑的威士忌吧裡格格笑。在物產店，克萊兒看到一整排各種精油味道的馬油，又拉著丹丹笑不停。有這麼好笑嗎？太好笑了。歷史名著、Bossa Nova、超商奶油，這對克萊兒來說都不是什麼品味，好奇怪她竟照單全收。克萊兒沒想過三十二歲會在市場跑出個身上沒有一點脂肪的高瘦女對她揮巴掌，她沒想過是這樣的場景、這樣的形體對她報復，那是累進得來的。呵，高中數學老師呦、大學時跟強也有偷偷有過一段（對不起噢麗莎）、出社會後這個那個廠商。不是有多羞辱，而是，這真是太俗太俗了，鄉土肥皂劇才有的情節，不是她那純然的愛慾。克萊兒只能一遍一遍把它說得好笑，才能把自己拔高開來。

不是麗莎或她家人去爆的料，是葉自己手機被看光了都不知道。無所謂了。克萊兒只記得那天頭被狠狠一摑時，正好面朝一堆一堆的素料，豆皮包裹著筍絲紅蘿蔔絲木耳絲、牛蒡香菇梗揉成的炸物、素雞豆干百頁油豆腐。她跟丹丹說：「這是一個sign，我要開始吃素了。」丹丹沒聽懂這是隱喻還是她真的打算這麼做，只是到北海道這小姐真的放棄旅遊團安排的螃蟹生魚片大餐，餐餐吃清湯蕎麥麵、野菜湯咖哩和便利商店沙拉。克萊兒自我調侃：「還好酒是素的哦！」「對！當然是！」「那馬油呢？」她們又像兩隻小麻雀在遊覽車最後一排座位笑得東倒西歪。

克萊兒不知道什麼時候站到身邊的，馬修把加了一匙牛奶的蛋液倒進平底鍋裡，熟練地轉動鍋子，兩三下，香嫩炒蛋起鍋。「這份是用橄欖油炒的，來，先給妳。」克萊兒接過，馬修接著滑進小塊奶油，做他自己那份炒蛋。馬修突然噗哧笑了，說：「對不起，我想到奶油男。」克萊兒用手比出手槍樣，食指對著馬修，嘟嘴嬌笑。馬修扶著胸口，裝出中彈的滑稽貌，他想要讓克萊兒覺得，他可以承受所有她的過去。

而馬修自己的過去平凡無奇，和太太是大學同學，一起出國唸書，卻說要來個「分開看看」，太太在西岸加州，他在紐約。他當然試了別的，又是中國、又是韓國、又是日本女，最後跟一個餐館打工認識的台灣女同居。有年冬天，紐約大雪紛飛，有人來按門鈴，尬的，是他太太。「其實一秒之內，你就可以知道，你要選門外這個還是門內那個。」馬修把台灣女請走，她悲傷過度在雪地裡摔跤撞斷了牙，她要馬修付她修牙的錢，台幣三萬。從此之後他就一直好好的跟太太在一起，從大學算起已經二十五年。

「噢，你沒有，嗯，偷吃過嗎？」克萊兒吃完最後一口炒蛋，用紙巾擦嘴，開口問。馬修回答得瀟灑俏皮：「如果妳不算的話。」天哪這真是調情的最後一道了，接下來只有上床一途。馬修站了起來，把兩個空盤子收到水槽。

剛剛看著一位男士站在流理台前為自己做早餐，克萊兒其實好想從背後輕輕環抱他，把臉輕輕貼在他兩個肩胛骨內緣中間的凹槽。但她不敢，或者說她在等，這次她連一個小小的碰觸都誠惶誠恐。看了時鐘，現在是上午九點。馬修昨晚跟她說過他今天下午的飛機去香港，愛妻一週之旅。下午幾點呢？他沒說。假設中午必須出發好了，那他們還有三小時。

馬修洗好盤子，幫克萊兒添上咖啡。問：「妳等一下直接回家嗎？」克萊兒的表情有點詫異，稍稍瞪大的眼睛裡，瞬間裝進失望，但旋即擠出一個笑容，點點頭。馬修拿起大樓對講機，撥給警衛：「你好，我今天有叫一台車十點去機場，可不可以請司機提早二十分鐘，我們先在林口停一下……」克萊兒又用禮貌把自己防衛起來了：「不用麻煩的，我可以自己回家。」馬修說：「沒關係，反正順路。」

接著，馬修到房間裡打包，克萊兒在客廳翻雜誌。馬修清楚，當然他對克萊兒有滿滿的慾望，但卻也僅止於此了。他只想看著漂漂亮亮的她，坐在他對面喝紅酒吃炒蛋，偶爾不致色情狂地偷窺一下那好看的胸線與唇型。

克萊兒有時很想學帥T丹丹那樣在男同事面前豪爽地說：「你們就是懶叫在癢啦！」但馬修沒在癢，她搞不懂他要什麼，只能沒有選擇地和他上了計程車。他們繼續像昨晚和悅的聊天，克萊兒在心裡感謝馬修這樣的安排，至少，還可以讓兩人多共度一程。

車子下了交流道，克萊兒悠悠說著，房子買在林口，其實是某一任情人的主意，「但不是金屋藏嬌呦，我自己辛辛苦苦繳的貸款。」她那柔弱又堅強的樣子，讓馬修突然無限心疼。「妳是所有男人都會喜歡上的女人。」馬修說。這句話像一個啟動飛彈的按鈕，克萊兒先是看向窗外，幾秒之後轉過頭來，眼眶裡盈滿淚水，「可是你不喜歡我。」

馬修說：「我很喜歡妳。」

來了。那個願意脫光衣服爬上床、破釜沉舟、不顧旁人（計程車運將噢）的克萊兒來了。她臉一揚，眼淚淌到下巴，問：「那我們為什麼不做愛？」馬修也沒刻意壓低聲音：「因為我結婚了。」「那你之前寫的那些信是什麼意思？」「那是在告訴妳，我很喜歡妳。」

克：不，你不喜歡我。

馬：我很喜歡妳。

克：那我們為什麼不在一起？

馬：我結婚了。

克萊兒覺得這組對話會一直這樣跳針下去。她深吸口氣，說：「你知道嗎？我那時候就發誓再遇到任何人，只要他有老婆、有女朋友、有未婚妻、有砲友、有任何曖昧對象，不管我有多喜歡他，我都要掉頭就走。遇見你那天晚上，我跟自己說，在確定你的感情關係完全乾淨清白之前，不准看你一眼……」這段話和著眼淚鼻涕，傾洩而出。她家到了，車子靠邊停了。克萊兒打開車門，沒有抬頭，從喉頭擠出兩個字：「謝謝。」

車子繼續開走了，馬修坐低身子，嘆口氣。克萊兒啊，如此明晰靈秀、謹小慎微的美麗女子，何以敗給愛情？面對愛情為何如此狼狽悽惶？

克萊兒拿出鑰匙打開大門，又轉過身來，看著車子消失。她想，等下上樓就要寫封信給馬修，就這樣開頭：「不好意思，我今天失態了，謝謝你……」優雅，向來是她維持希望的方式。

5.

我們

「你就是以為在另外一個時空，
已經有一對我們變成夫妻了，
所以你在這邊就可以對我這麼爛對不對?!」
我故意說得很用力，
好像用來證明我和那位看起來很溫婉的我，
真的不是同一個人。

Y很討厭講電話，他從來不主動打電話給我。但在夢中，他打了，還劈頭就是一句玄之又玄的話。他說：「我遇見我們了。」

他說他像平常一樣出了捷運站，一對夫妻手牽著手與他錯身而過，太太手上挽著黃昏市場買來的蔥和紅蘿蔔，先生提著公事包。然後，他發現，先生長得跟他一模一樣，而太太跟我根本是同一個人。「我一開始以為妳找了個跟我長得很像的人嫁了。」我說你臭美。Y說，他跟那對夫妻要了地址，要帶我去相認。

那是一棟日劇裡常看到的分租公寓，我們沒按門鈴也沒敲門，直接打開門。那對夫妻面對面坐在日式地板上，隔著一張和室桌，我和Y在空著的兩邊也面對面坐了下來。我不知為何惱怒起來，其他三人倒都很平靜。我對Y說：「你就是以為在另外一個時空，已經有一對我們變成夫妻了，所以你在這邊就可以對我這麼爛對不對?!」我故意說得很用力，好像用來證明我和那位看起來很溫婉的我，真的不是同一個人。

那個我好像被我嚇到了。她把手放在我的手上，輕柔地說：「妳不要對他那麼兇。」我說我們什麼都不是，所以無所謂。Y沒說話，習慣性地抿了雙唇，我想從他臉上看到更多愧疚的表情，但另一個Y（我竟然從頭到尾都沒看他）攤開了報紙，正好一道陰影落在Y臉上。

臉暗了一半的他說：「我還以為妳會很高興。」他停頓了一下：「我只是希望妳高興。」他故意誇張地模仿我，「我還以為妳會說天啊這真是太好玩了！怎麼可能有這種事?!這太妙了啦！」事實上我已經很久沒那麼興致高昂地說話，因為已經好久沒有任何事可以引起我的興趣。但我知道他在討好我，所以我笑了。

我笑了。他安心了。我們向我們道別。走出這住宅區時，我上前勾住Y的手，他沒有拒絕。我們已穿著跟來時不一樣的衣服了，兩人都一身白，他白襯衫白休閒褲，我白棉T恤白長裙，我們走在黃昏斜陽裡，都帶著笑。

我說我想要趕快醒來，因為我想要記住這個夢。Y說這不是夢啊，我說：是。他說妳就是不相信我們可以這樣好好地在一起對不對?我說：對。

到這邊我就醒了。我沒有打電話或寫信告訴Y。因為我偶爾還會想想他們，不，想想我們，接下來怎麼了。

6.

失明

她與「她們」共用一罐生理食鹽水
和一組隱形眼鏡保存盒，
多年眼痛她知道好多女病人
都是隱形眼鏡戴不好染眼疾的，
有時候她找不到食鹽水或保存盒的蓋子，
心裡暗自地想，
來了一個，習慣比較不好的女孩喏。

1.

他嫌她乾的那個早上開始，她就感覺自己要失明了。

乾點不是比較緊嗎？她吐吐舌對鏡戴上隱形眼鏡。戴上隱形眼鏡的剎那，她吃了驚，兩個不相識不相干的男人在小便完甩甩陰莖放入褲襠的動作竟是完全一樣的。她以為她見到了初戀男友。

她以為她見到了初戀男友躺在發了霉的溫泉旅社地下室，問她真的可以嗎，她點頭之後便感覺自己整個人不斷被搬來搬去，第一次她知道舉重的時候啞鈴也是這麼累。初戀男友取下避孕套有點不好意思地背過身去打個結，欸，她撫撫初戀男友的背，我想看欸。接過打了結的避孕套，懸在半空她第一次看到這種濁白的液體卻哇的一聲叫出來，破掉了啦，初戀男友彈起來，先吹鼓了那塑膠套，到浴室灌了半滿濁白的溫泉水，如同機車行檢查輪胎有沒有破一樣專業只差沒抹上肥皂水，用力擠壓那套也沒見它噴或滲出一點點，初戀男友用手指沾了沾套子外層末端也是濁白的液體湊近鼻聞一聞，笑開來對她說，妳的啦！

第一次她知道自己身體內也有這樣的水，往後的長長日子裡的每一次做愛，她和初戀男友雖仍不斷因不諳性事而發生幻想式高潮或幻想式懷孕，但對於彼此體內體外的不明液體早已熟悉不過，興致好時抹了塗在對方身上，考試般地問，你的還是我的？

你的還是我的？到分手時也還這樣問，尤其那些多到嚇死人的文件磁片與自燒光碟，在一起那麼久好多東西都要打開來看看才清楚，你的還是我的。就好像朋友們都說，你們在一起那麼久越來越像，可是她知道一打開來身體裡還是好多不一樣的啊。所以分手了。

她坐在床邊想鋪好被單卻哭了起來，她哭無聲也不一抽一抽，就是淚止不住地流，他走進來抹抹她臉說別哭別哭，想逗她發笑，說，哇原來水都跑這邊來了。

2.

妳一向都這麼愛哭嗎？他問她。隨即一個轉彎，嗯，她抿抿唇發出一個音，抬頭看專心轉著方向盤的他，太陽很大他正皺眉，好幾秒過去，剛剛問的話穿過樹梢，空氣一樣被陽光蒸散，好像沒過交談。她很後悔自己說一句話都要想這麼久，她壓低了身子，仰頭看車窗外的白雲藍天。

妳一向都這麼愛哭嗎？小學一年級上課到一半她就在桌上哭起來，那是中午十一點五十分，因為媽媽告訴她十一點半會來帶她去舅公家吃喜宴，她不斷從藍色木框的窗戶往外看媽媽來了沒有？每看一次就扁一次嘴，二十分鐘後終於放聲大哭，老師急忙衝下來問，她說我、眼、痛、哇。原來從那時候開始她就不愛說真話。老師穿兩片裙踩高跟鞋的背影，穿過一個操場到辦公室打電話。母親牽著她的手穿過小學門前的一條黃泥土路，風揚起要灰頭土臉的，哄她不要揉不要揉，否則「明天」不來帶妳去舅公家。眼科老醫師左翻右翻自然是查不出原因，隔天的喜宴她也吃得好高興。這個假眼痛事件，二十年她都沒說出去；但是，卻從此眼痛，痛了二十年沒離開她。

她很清楚讓她哭的是一種恐懼，害怕世界遺棄了她，全家人一起去吃喜酒忘記她還在學校。可是她從來不說，從小就自己嚇自己。等公車半小時一直沒有來，她會想，這班公車從今天起已經不跑這線了，她想自己一定回不了家，流落街頭一輩子。像是把自己逼到一個極限，然後想，接下來要怎麼辦；當然接下來就是在等了四十五分鐘之後公車出現了，而且一次來了三班，就算人再多，她還是會堅持選第一班擠進去，因為她覺得，這一班才是她要等的。上車後，就有一種死了又活過來的感覺。

小學六年級，爸爸媽媽一早就出門到晚上九點還沒回來，和妹妹抓了板凳坐在門口，爺爺阿嬤怎麼叫她都不進去吃飯也不准妹妹進去。妹妹已經哭得好傷心，她卻堅定得令人害怕，她心裡有一種自以為是的致命的預感，她知道爸爸媽媽一起車禍死掉了，她和妹妹要和爺爺阿嬤相依為命，她告訴妹妹我們要一起長大，不可以讓別人笑我們是沒爸媽的小孩，要唸大學，孝順爺爺阿嬤。當更晚一點，爸爸的車燈打進院子時，她站得直直的，一動也不動，從那個時候起，她就忘了哭。

國中畢業她就離家，到城市裡唸書、工作，她越來越獨立，可是她知道恐懼從來沒有離開過她。車子拐進靜巷，她家到了。下車前，她想起什麼地說，欸，我不愛哭的。他親親她臉頰，說，下次把水存飽一點。她笑了笑說，我老覺得你應該是婦產科醫師，不是眼科的。

3.

第一次戴眼鏡，是小學三年級。她到現在都還清楚記得那座蔡診所，在離家半小時車程的小鎮。那座大宅院般的診所剛好佔了這個鎮上的一個街墎，四個門面對東南西北四條街，一式四樣的招牌正好是：蔡眼科、蔡婦產科、蔡耳鼻喉科以及蔡胃科。蔡家四兄弟都留學日本。這棟灰色磨砂外牆的建築物的四個入口，單從一面看以為是各自獨立的診所，往裡邊走就發現其實四家診所的後門相對，中間剛好形成一個天井。當然，她最熟悉的是蔡眼科。

蔡眼科是老大，她記得這位老醫師每次都如爺爺般慈祥地幫她洗眼睛、點眼藥。可是配鏡部在另一頭，要推開一扇深茶色木頭框的霧玻璃門，白底黑字的木頭招牌掛在上面，有一個比較年輕的驗光師，她覺得，如果這座診所是一齣連續劇的話，他就是演壞人的。這個驗光師身後隨時準備一根手杖，如果客人不想配昂貴一點的鏡片，他就把手杖拿出來說，太太那這根賣妳二十就好，妳可以永遠不需要在這邊跟我殺一百兩百；一邊伸手進去滿是鏡框的玻璃櫃，拿出一個像放大鏡一樣厚的鏡片，說妹妹現在不矯正的話，三五年就要換戴這種的。媽媽在她指著手杖噘嘴說我要那個的同時，連忙說好好好，配配配，配最好的最好的。

此後以將近一年一百度的等差級數增加，遇見他的時候，已經是一千三百多度，除了近視之外，她眼痛了二十年。每次都是躲也躲不掉的針眼。別人一有針眼的徵兆趕快點點藥水隔天就消，她不是，她一定要左眼右眼上眼瞼下眼瞼輪流長過四個地方，才算結束。在這一循環裡，都是從癢到紅，從腫到化膿，她常將自己眼瞼翻上來用針刺破成熟的膿包，擠出黃濁膿液；有時候膿還沒成熟就被新長出來的肉包住了，在眼皮內側形成一個小瘤，就得動一次小刀，這些必經流程她從小就熟悉。這些痛她也熟悉。她已經在這個大城換過一家又一家的眼科，因為痛起來的時候她不一定在哪裡，而且不管去哪家都一樣，她清楚痛是別人幫助不來的，痛過一回就好了。

動這個小手術非常容易，卻得一樣躺在手術台上，護士用只開左眼一個小洞的白色不織布蓋住她的臉，用鉗鋏之類的東西把眼皮翻過來，打進麻藥，然後等醫師來操刀。他走進來的時候她卻覺得一切都不一樣了。她覺得熟悉，一反以前的沉著冷靜，當他為她割去小瘤的時候，她發著抖，偷偷挑起一角遮住右眼的白布，看他的鞋。他也知道。他只看到她的左眼，他就知道。她知道自己這次會回去複診，拆完紗布他果然說，妳病歷表上填的電話是假的。

第一次約會是颱風天。她坐在捷運站內等他來，風雨交加，她卻知道他一定會來。他來了風雨就小了，他們在無人的下過雨的柏油路上一前一後笑得好開心。然後一起回他家。他說我從國外回來才五年，等於我在台灣只住過五年，我什麼都沒有。早上醒來她好快樂，幫他刷浴室，刷到鏡台才發現，有好多不同牌子的洗面霜，突然她知道了，他不只有一個女病人。她還是把一瓶一瓶整齊排好，蓋子沒旋緊的旋緊，擠太多糊在外面的也擦乾淨；他點菸走進來，只睡過一夜就知道她不說話就是難過，說，這些都是我的，我老了我要保養啊，胡適說做學問要在不疑處有疑，做人要在有疑處不疑。她也笑，你不知道我談戀愛跟做學問一樣認真嗎？他哈哈大笑，她感覺到，他是這一刻才開始喜歡她。他開始喜歡叫她妹妹，叫了五年。

她沒有離開，從來沒有，反而更愛他，愛他愛到自己都乾了還不知道為什麼。一次一起去看電影，她挑的片。裡面是茱蒂・福斯特和闖入她家的強盜組成兩支白痴兵團，在不開燈的密閉空間裡，你來我往，沒有任何戰慄效果，非常難看。電影沒看完他就拉著她出來，在大街上咆哮，那是他們第一次吵架，她記得非常清楚，她覺得他們走過了那個進不去出不來的空間，無光的所在。他像是氣她又像是氣電影，不斷憤怒重複著，為什麼不開燈呢？

還在唸國中的時候，冬天一早起來她第一件事就是把家裡的燈全部都打開，她好怕那種將明未明的昏暗，比黑夜還看不清。節儉的爺爺會跟在後頭，一盞一盞地關掉，有一次她忍不住對爺爺大叫：為什麼不開燈呢？爺爺訓她，又不是瞎子，她用直直的聲音頂嘴，瞎子是再亮也看不見的。

4.

爸爸那個晚上就瞎了。爸爸的車燈打進院子時，她站得直直的，一動也不動，她看見，是媽媽開的車。爸爸雙眼纏了紗布，在工廠裡突然什麼都看不到，送到醫院就瞎了。那個晚上家裡鬧成一團，爺爺堅持要騎著鈴木五十去找「蔡仔」；阿嬤燒香拜佛；在市內當牙醫的舅舅也來了，打電話到處問同學，誰誰誰認不認識台大長庚榮總的主任。妹妹不斷地哭。她陪爸爸在房間裡，她問，有很痛嗎？有我針眼那樣痛嗎？然後她說，我唸今天的報紙給你聽好不好？

從小爸爸特別疼她，每個禮拜作文班放學時爸爸來接她，會在路邊雜貨店買一盒鋁箔包的麥香紅茶給她喝，然後在快到家的社區公共垃圾桶前停下來，問她喝完了沒有，喝完丟掉。她會一邊喝一邊把今天發回來的作文唸給爸爸聽，爸爸會告訴她，這一段「的」和「就」太多、「許佳欣」說了太多遍，下次用「她」就好。爸爸有時候也跟她說自己編的故事，讓她猜是真的還是假的。爸爸失明前最後一次載她時，告訴她，妹妹啊我今天沒有去上班喔，爸爸說他不知道怎麼了，一出門就一直往山上的佛寺開去，最後停在佛寺外，睡了一天。她覺得這跟麥香紅茶一樣，是她與爸爸的秘密，沒有告訴任何人。

爸爸失明後，她常牽爸爸去散步。有時候她會把眼閉起來，循著記憶和方向感走去，等到抵達無誤，她興奮地告訴爸爸：你猜我剛剛是睜眼還是閉眼走的？她唸書給爸爸聽，到國中改唸一些西方文學名著時，爸爸要她幫書中主角改名字，把羅密歐叫小羅，茱麗葉就叫小麗，彼得叫阿德就好，否則又查理又理查、又羅賓斯又史賓塞，他記不住誰是誰。

5.

恐懼從來沒有離開她。大學時參加登山社，有年四月去溯溪，渡溪、攀岩、垂降，她都不怕。但是最後一夜開始下大雨，早上起來溪水暴漲，淹進帳篷，領隊指揮大家打包收拾，但面對滾滾黃水，已經急不可探、深不可測，雖然最後平安回家，但她卻學到了對大水的恐懼。回到與初戀男友同居的頂樓加蓋小屋時，正是這城市的梅雨季，每天深夜當雨點打在鐵皮屋頂上，她就驚慌失措地醒過來，從此再睡不著。有個早上醒來，整間屋子裡果然淹進滿滿的水，放地上的抱枕連同幾本書全部像一隻一隻小船一樣漂浮在屋內，她與初戀男友都嚇壞了。原來是洗水塔，工人沒注意到水線淹過他們家門口，還一直放水，當然是抱歉連連地進來幫忙舀水，可是她一動也不動，站在屋子中央，光腳踢那淹過腳踝的水，半天不說話。初戀男友和她提了分手，因為妳在想什麼我一點都不知道。初戀男友的故事就到這邊。

第一次在他家洗澡時，他要她蹲下，將一瓢一瓢水從她頭頂傾下，她低頭看著細細水柱沿每一根髮梢直直落下，她一樣光腳踢著水。想起這一幕的時候她常常都想淋雨。每次洗完澡後，他必定要用乾拖把，把浴室的地板吸得好乾，看到這樣有習慣的男人，她覺得踏實。不過她仍不習慣和他一起洗澡，就像偶爾穿了低腰的褲子盤腿坐在他家椅上，他經過她身後時，她會習慣地把手探到後面拉拉褲頭，已經這麼親密她還是喜歡保有距離。去過好多遍之後她才敢在他家大便。家裡的事她從不跟他說，他也是，他說他們是兩個人戀愛又不是兩家人戀愛。她喜歡這種自由，也讓他自由。但是每次約會他要她在胸前留下一道深紅色的吻痕，她要他知道，她是他的。縱使她不能也不打算擁有他。你有那麼多個但我就只有你一個，我要你明白要你明白。

從小她和妹妹一起洗澡，兩條光潔的身子可以並躺在浴缸，好久，到水涼了才起來。小學六年級一次洗澡時她看見自己乳頭已經發黑隆起，不敢脫掉連身的背心襯衣，跟妹妹說，今天我好冷，我要穿著內衣洗澡。一浸水之後，那純白的薄棉背心便透明了，濕濕地緊貼住兩個乳頭，她被這一幅極情慾的卻是自己身體的場面嚇壞，衝起來裹了浴巾說，我今天起不和妳洗澡了。

上了大學她的情慾才被初戀男友開啟。遇見他之後，她後悔自己當初給得太快，她多麼想第一次是跟他一起發生啊，也許這樣他會更愛她，她一直這麼認為。

她的每一種恐懼再多再大，都敵不過一種「他不愛她了」的恐懼，這種恐懼甚至要勝過「他死掉了」。如果打一通電話他沒有接，那麼與其猜測他是跟別的女孩在一起，她寧願相信他是摔下山谷了，即使是有幾次迅速的回電證明他是在睡覺或者下樓買包菸漏接了，她就是有一種認定，即使她知道這種自以為是的認定有一天會自己逼死自己。

跟他做愛的時候她卻一點情慾都沒有，他常說她不夠浪。她卻怎樣都濕不起來。她覺得跟他之間不是情慾。剛開始每一次做愛後，她的陰部都要受苦幾天，先痛，有時候還流血，然後就是癢，像一種過敏，她覺得這是一種潔癖，因為知道這根陰莖不只進入她。有次她正要去電影首映會，為了觀影品質不要被這搔癢難耐破壞，她先到戲院旁的屈臣氏買了止癢軟膏，進場前在廁所裡擦，想著，你正在和別的女人做愛我躲在這裡擦益可膚。那場首映會她見到了崇拜的詩人，詩人送她詩集且叫她：書書。會後的摸彩她抽到價值不菲而且只送不賣的原文版海報。她從此相信，她在這邊多痛一些，在另一邊就會有意想不到的好運。而至少，至少他喜歡聽她大聲唸詩，她每次都這麼想。

6.

爸爸到佛寺住兩年後，有天媽媽上山看他，爸爸拿出了已經簽好字的離婚協議書，媽媽哇的一聲哭起來，說我做牛做馬一世人，你現在給我這個東西。她知道，她離家之後，有一天，爸爸還是會回到他想去的地方，他要一種自由，這種快樂不是婚姻幸福家庭美滿的快樂可以借代的。她勸媽媽，媽媽連她一起罵。

妹妹不像她，妹妹一直都留在媽媽身邊。雖然一樣是兩人生活，簽了字的媽媽情緒很不穩定，有次妹妹深夜打電話給她說媽要自殺了，她正在唸大學連夜坐了車回家，她一整夜坐在梳妝台前，隔著蚊帳盯住媽媽，早上醒來已經躺在床上，媽媽坐在旁邊幫她點眼藥，書書啊一夜沒睡又長針眼了。那是她離家以後，與媽媽最親近的一次。

媽媽不喜歡她一直唸書，希望她趕快去教書。跟親戚們說起她小時候卻有一種引以為傲，嚇一跳書書七歲，報紙拿著讀；書書小學就自己填劃撥單，寄到台北去買書。她決定不教書之後，媽媽就不大跟她說話。她一直以為媽媽是比較疼妹妹典典的，就像她清楚爸爸比較疼她一樣。爸爸在佛寺裡學了點字，每天看很多書，她知道爸爸是快樂的。

妹妹又打電話給她，她回家去，不過這次是陪妹妹，墮胎。妹妹的男友小范，也從兵營打了電話給她說，謝謝姊姊，我退伍一定會跟典典結婚、跟媽媽住的。唸國中時有天早上起床，妹妹神祕地告訴她，姊姊，晚上睡覺憋尿的時候把雙腳夾緊，會很爽。她那時便知道典典會比她成熟、比她還能擔當。只有在這個時候，她才又想起她是姊姊。她帶妹妹到蔡婦產科，填病歷表時她說，欸用我名字，反正我不住這裡了；填到電話時她說，欸別填真的。她扶著搖搖晃晃的妹妹穿過天井，從蔡眼科出來，第一次來竟是二十年前。典典，妳記得這地方嗎？記得啊，其實我好羨慕妳能長針眼，可以常常請假又有新毛巾可以用。

第一次到他家他就給她一條新毛巾和一把新牙刷，每次她好怕別人來時會用錯，所以把牙刷放在第一個抽屜，告訴他毛巾乾了也請摺好放這邊。她想，誰要用錯了就祝她倒楣得針眼，雖然她也知道針眼是不會傳染的，就像痛是學不來的。不過他就像吸浴室地板一樣細心，每回她去從抽屜裡拿出乾毛巾都還有洗衣粉的味道。但是她與「她們」共用一罐生理食鹽水和一組隱形眼鏡保存盒，多年眼痛她知道好多女病人都是隱形眼鏡戴不好染眼疾的，有時候她找不到食鹽水或保存盒的蓋子，心裡暗自地想，來了一個，習慣比較不好的女孩喏。聽過視網膜移植會看到捐贈者曾經看到的東西的故事，有時她戴上隱形眼鏡，眨掉多餘的水再睜眼的剎那，她都以為鏡子裡不是自己。去診所找他時，用一個女病人身分坐在候診室，她眼睛直勾勾瞪著幾個女病人，因為她感覺她們也一樣在看她。看到的時候就知道了。有時候她會異想，如果現在護士叫一聲林書書，說不定好多個都站起來。

7.

在更之前，爸爸有一次沒有去接她，她自己走路回家。過了吃飯時間還爸爸沒有回來，媽媽開始焦慮，爸爸從來不曾如此。她接到一通電話，電話裡有個陌生但溫實的聲音說：妹妹，跟妳媽媽說妳爸爸今晚要值夜，就掛了電話。她轉告媽媽，媽媽當然不信，爸爸要值夜會前一天就說而且這個月已經值過，媽媽打電話到工廠，工廠的人說：爸爸今天沒有來上班。媽媽要發狂了，卻沉著異常，一本發縐的小藍本子電話簿不停地翻，從一個同事那邊知道，工廠旁有一家早餐店，爸爸每天早上會去那邊吃，和老闆老夫婦很有話聊。問到早餐店電話，老先生說爸爸早上在唸，要去某鎮找一個朋友，要走之前還猶豫了一下，把朋友家地址抄給我們。媽媽記了地址，然後請住在鄰靠那鎮的小叔叔去接爸爸回來。那時已是半夜。

媽媽坐在椅子上哭起來，她可以知道媽媽那種被背叛的心理是多麼難過，爸爸每天早上吃過她做的早餐原來出門還要再去找自己喜歡的吃、爸爸要去哪裡寧願告訴賣早餐的也不願告訴她、他原來有那麼多朋友她一個都不認識。書書也覺得被背叛了，因為這些人這些事的故事爸爸從來沒告訴她。那天她也長針眼，在客廳她自己拿著眼藥猛點，眼淚順著多餘的眼藥流下來讓她感覺自己沒有哭。當晚爸爸沒有回來。小叔說爸爸已經睡在那朋友家，大嫂我看過了大哥睡得很熟，那人看起來也不像壞，妳帶書書典典先睡吧。

隔天一切歸復平靜正常，像之前長長的日子一樣。隔週爸爸一樣來接她，你上禮拜去哪裡啊？她小心地問爸爸，隨即一個轉彎，嗯，爸爸抿抿唇發出一個音，專心轉著方向盤，好幾秒過去，爸爸把車停在垃圾桶旁，說：喝完沒，喝完丟掉。

高中二年級，小叔叔打電話到宿舍來說，爸爸要搬到佛寺去住了。那個下午飄著小雨，她正要到省立圖書館去。省圖連著一個好大的公園，外圍的人行道好長。她一個人拄著傘，閉著眼，走過好長好長的導盲磚，那把傘後來再也找不到了，她覺得自己的惆悵與這有關。高中二年級她開始編校刊，告訴寫詩的學姊，我只愛老男人。

8.

她的老男人每次打電話來她都好快樂。這天，他與她約，下班到報社接她，帶她去一個地方。她想起，他們在一起已經五年。他帶她到一家眼鏡行，他要配老花眼鏡。她笑起來，知道他是為了怕讓同事特別是那些年輕把他當仰慕者的小護士發現他已經老到要戴老花眼鏡，所以不敢在自己診所配。他也不說他是醫生，任著眼鏡行的染髮小弟幫他驗光、挑框。走出去的時候她很感動，覺得自己陪他走了一個生命的歷程，覺得自己會陪他走到買成人紙尿褲。她捏捏他手，如果再一個五年，只有我們是不變的，我們生一個小孩好不好？

佛寺通知家裡說爸爸身體情況很差，不吃不睡，很不樂觀。爸爸這幾年是佛寺和醫院兩頭送，每次她接到通知到醫院時，媽媽都已經打理完畢，而且準備好在醫院住上幾天幾夜。好幾夜他們三人在病房裡各蜷一角，原來長大後再跟父母睡一起是這種時候。她好透徹。這次上山去看爸爸前，她去找了小叔叔。她問小叔叔記不記得十五年前的深夜，他到鎮外一個朋友家找爸爸。小叔叔那人是誰？我想請他來看看我爸。小叔說那人不是工廠的人，也不是本地人，是讀書人，氣質很好，妳爸跟他一起聊天，很快樂。小叔支吾一下說，書書，這麼久了妳不要跟媽媽說，那個地址是一家賓館。她沒有吃驚，反而因為更貼近爸爸而高興。我想找他。小叔從鐵盒裡翻一疊名片，小叔跟爺爺最像，東西收得有條不紊，手裡有事做著小叔話匣就開，我一進去兩個人都只穿條內褲，我嚇死了，捲起袖子對那人大叫：你不要對我大哥怎麼樣！你不要對我大哥怎麼樣！可是沒有，你爸跟他一起聊天，很快樂。我跟你爸一起長大沒見過你爸那樣快樂。

9.

小叔把名片拿給她。書書你要找喔，很有得找喔。她知道自己不用找。那人是眼科醫師，比妳爸小幾歲，在台北開診所，是妳爸當兵時的同伴。她終於知道為什麼是他，十五年前她就聽過他聲音，在電話裡，他就叫她「妹妹」。小叔說，這個人後來打電話告訴我他要出國，去十年，不知道後來有沒有回來。他出國那天，你爸就瞎了。

這是她最後一次看到爸爸，兩個禮拜後爸爸就走了。她推爸爸到屋外曬太陽，一樣唸了報紙給爸爸聽，然後她說，爸，你還有一個故事沒跟我講耶。爸爸已經連說話都困難。她想起多年前看的一部法國片，叫《一生的愛都給你》，艾曼紐．琵雅演的珍娜，最後突然死了，她是因愛而死。

這麼多年她突然知道爸爸為什麼失明。她覺得這跟麥香紅茶一樣，是她與爸爸的秘密，沒有告訴任何人。

下山的路上，她感覺眼前的光線一點一點消失，她覺得自己要失明了。在黑暗中，耳邊響起一次與他的對話，如果有一天我瞎了怎麼辦？他說，我就唸書給妳聽。

7.

雷射

他丟MSN給我：
「我退伍了，正在找工作，有幾個面試在台北，
可以去借住你那兒嗎？」
我說可以，但你願意陪我去雷射嗎？
他欣然同意。
好像有睡過什麼都會很好談，
但我始終搞不清楚那種親密到底是什麼。

我明天要開刀。

那朋友幫我蓋好被子在我額頭啄了一下，在我身旁躺下。這是稍早的畫面。

現在，我們呈現一個擁抱的狀態。

我們兩個人都穿T恤短褲，我還不敢不穿內衣，兩個人就像參加救國團的高中生一樣。儘管抱在一起，一同擠在我的單人床上。

可以這樣抱著睡覺的友情，並非來自偶然。我們試過的，兩年前，我們還在同一所大學讀書的時候。他大四，我大三，在他外宿的雅房裡，親親摸摸好一會兒，我在他耳邊說：「你有套子吧？」他說有。轉身過去打開抽屜撈了一陣，拿出一個錫箔包裝，撕掉封口，然後趴回我身上，說：「可是我還沒硬。」

這哪招？我的意思是，那為什麼要浪費一個套子？還是他覺得他可以隨著撕的動作瞬間變硬？

我們那時候都很窮，我會有這樣的反應是正常。但我的大腦馬上被其他小劇場攻佔：是我技巧不好？身材不好？臉蛋不好？

他把套子放到旁邊，我說：「那我們抱著睡覺就好了。」不知道是不是尷尬，我怕傷他，他怕傷我，我們沒再提這件事，也不再試，但更正確地說，是我們好像也沒有特別想跟對方做。既然沒跨過這條線，我們也就還是朋友。我們繼續各自跟別人交往，我不知道他有沒有跟他女朋友說過有我這樣一個真的只是睡覺的朋友，我是沒說。

他畢業當兵，我們沒再碰過面。我跟男友分手，考上研究所。碩二那年我決定去做近視雷射手術，把一千度近視兩百度散光用雷射刀磨掉。但有件事讓我很困擾，醫院規定要有親友陪同，以免回程因視力模糊發生意外。我臉皮很薄，想不出「理所當然」可以陪我去的同學或女生朋友，又不想勞動父母北上。我還在煩惱時，他丟MSN給我：「我退伍了，正在找工作，有幾個面試在台北，可以去借住你那兒嗎？」我說可以，但你願意陪我去雷射嗎？他欣然同意。

好像有睡過什麼都會很好談，但我始終搞不清楚那種親密到底是什麼。

他前一天晚上來到我的單人套房，我們下樓去吃麥當勞。他問：「雷射不是很貴嗎？你怎麼有錢？」我說：「我去年底得了一個文學獎。」

「真的假的?!你寫什麼?!」我從來沒跟他說過寫作的事，所以他的驚訝很正常。

「寫我近視很深，很怕自己瞎掉。」我說的是實話，但他覺得我在白爛，呵呵乾笑了兩聲。

「那獎金有多少錢？」他一邊吃著薯條一邊問。

噢，短短交談，他已經提到兩次錢。我知道我們為什麼只能當朋友，我不喜歡開口閉口錢錢錢的男生。他跟我講過，他家境不好，讀國中時就要自己打工賺零用錢，所以他養成對金錢和物質非常在意的習慣。倒不是節儉，而是錢要花在刀口上，大學時他手機和電腦都用最好的。

我接著想起來為什麼兩年不與他見面了。他剛入伍時，在網拍標到一雙絕版球鞋，貨品在台北，他打電話請我幫他面交。「我又不懂！」我說。他指導了我一些要看鞋底、看logo、看鞋盒的撇步。那雙鞋子要六千元，我當時一個月家教費大約五千元，存款則維持在一千元。

他忘了把錢先匯給我，我提不出那麼多錢來墊。我和賣家（一個留著龐克頭的東區型男）站在大學門口僵持。我不斷撥電話給他，他都沒接。鞋子是拿不過來了。但賣家白跑一趟已很不爽，他抖著腳說：「你有信用卡吧？可以預借現金啊！」我說我不會用。他跟著我到了提款機前，待我按完密碼，過來指導我。結果是我的信用卡無此項服務。賣家走了，面交失敗。

最後他們自己用電匯和郵寄方式完成交易。他可能覺得我一定故意不幫他墊錢，而我覺得被陌生人押著差點要為他貸款的這種感覺很鳥。這件事就像他硬不起來是我或他的問題一樣，最好方式就是把它裝進「尷尬」那層抽屜，不再去提。

「八萬塊。」我說。說完快速低頭吃薯條，不去看他吃驚或羨慕的表情。

眼科診所的休息區非常舒適，有如飯店大廳，他留在那兒看雜誌等我。醫師再次檢查後，說：「兩眼各需雷射四十一秒。」我躺上手術台，護士幫我點了麻醉藥水。接著，有個像是圓形鐵模的東西罩上我的眼球，一秒後掀起我的眼角膜，眼前一片霧濛濛，像是大雨滂沱而沒開雨刷的車窗。雷射準備開始，我必須看著一個小紅點，努力不要閉眼。

這時，護士突然像個司儀般宣佈：「雷射四十一秒開始。」我看著小紅點閃閃爍爍變大變小，「三十秒。」我盡量鎮定出神。「二十秒。」我不知道自己在哪裡了。「再忍耐一下哦，眼睛不要動。」我聽見醫師說。「倒數十秒。十、九、八、七、六……」我覺得自己像在百萬大富翁的衛冕台上，「請選擇，刪去還是求救？希望你的朋友在電話機旁邊，五、四……」主持人謝震武的聲音適度製造出刺激，「刪去還是求救？三、二……」滴滴滴，時間到。我沒有朋友。

我想起剛認識不久時，他就對我說：「我們都是很難交朋友的人，我從小就覺得自己是個怪咖，遇到你之後，我才知道世界上原來還有另外一個大怪咖。」

換邊，感謝上帝，我只有兩隻眼睛。

雷射完畢，護士幫我戴上個ＢＢ槍護目罩，攙扶著我出來。對，我想，他真是我的好朋友。這世界上應該不會再有第二個人看過我這滑稽造型。我們一起上計程車。眼前一切甚至還比手術前的千度近視模糊，而且，眼睛灼熱脹痛，好像那鐵模還壓在眼球上。

護士交代，先閉眼睡個兩三小時，讓眼角膜自動癒合。回到家，我對他說：「欸，你要吃飯、上網、打電動請自己來哦。」他幫我鋪床蓋被，擦臉倒水，其實比較像是我借住他家，他說：「有什麼事就叫我哦。」他在背對我兩公尺的書桌上打電腦。

我睡了，這將是我這輩子最最美好的三小時睡眠。因為，醒過來之後，不但完全不痛了，世界還變得清晰透亮。我不斷嚷嚷太神奇，退到最遠的牆角，要他隨便指書架上的書背，看我能不能唸出所有字。

那晚我們還是抱著睡覺。但我睡不著，動不動就彈起來張望四周，看窗外樓下的招牌，看路上的車牌號碼，我說：「我太感動了，捨不得睡。」他陪著我聊天聊到睡著。隔天早上，眼睛還沒張開，我習慣地伸手在床頭摸來摸去，吵醒了他，「找什麼？」「我的眼鏡……」說完大笑著鑽進他懷裡。

我研究所的課不多，接著幾天，有時我陪他去面試，在辦公大樓附近的平價咖啡館或麥當勞看書等他。一日四回的點藥水時間，我把藥水遞給他，他會一手扶著我額頭，一手拿著藥水幫我點，我任藥水流到臉頰下巴，他再伸手幫我揩去。我們坐公車時總十指交握。我們共喝一杯大杯珍奶，共吃一盤芒果牛奶冰。晚上再抱著睡覺。也就是說原本一個人做的事，現在變成兩個人一起做，而且不感到尷尬。

說沒感覺是騙人的。他要回去的那天，在公車站牌，我問：「欸那我們到底是什麼？」「朋友啊！」雪特，這麼容易。我再問：「那你為什麼要陪我去雷射？」

他像是早就有了答案，但原本打算只放在心裡，現在猶豫著要不要告訴我。我發誓，那句話我會記得一輩子。

他說：「我只是覺得，這樣的話，以後你只要想起你的眼睛，應該就不會忘記我了。」

那是我們最後一次見面，我們沒有再聯絡，也沒有為什麼。不知道是不是不必再躲在厚鏡片背後，或者是換了一雙更清晰的眼睛看世界，我變得沒有那麼難交朋友，變得比較知道怎麼應對這世界。但也許只是年紀。我雷射到現在已經十年了，遇到有近視困擾的朋友我就大肆宣揚此項科技的偉大。然而，我並沒有一提起眼睛或雷射就想起他。

沒有想起，不代表忘記，對吧？但那代表記住了嗎？

我只知道，要記住一句話，比記著一個人容易多了。

8.

日曆

當她家的印刷廠倒閉，她唸美工科，
然後畢業之後在電腦排版公司當排版小姐，
下游就是印刷廠，
跟一個與高級印刷機同名的男孩子談戀愛到同居，
她也不認為這是命運的安排。

常常林宜家醒來的時候都以為自己睡在一疊半人高的紙上。

她用食指輕撫紙面，那紙的質地厚薄通過指尖的觸覺，卻是一陣潮濕溫熱。她醒來，知道自己只是又作了一樣的夢。把蘸在指上的男人的汗水在廉價的細格子短褲上抹了抹。那背她而睡的男人，有一條容易生汗的背脊。電扇咿呀不止，在兩人睡的位置張開了剛好的角度，緩慢地，來、回，來、回。林宜家隨著固定的頻率，無意識地環顧了幾次這頂樓加蓋鐵皮套房，把電扇後的固定桿拉起，轉了剛好對準男人的背。以為一切靜止，卻颳起床頭一落A4大小的列印文件，林宜家慌亂撿著飛滿地的紙，重新攏成一落，抓在手上不知用什麼壓住好，遲疑幾秒扯下自己頭上的黃色塑膠鯊魚夾，張開，夾住。這一切便真的靜止了。

這一個動作，就可能為她帶來一天的好心情，林宜家喜歡一切靜止的樣子。包括她上了一天的班，三更半夜回來時，那男人仍然與她離去時躺著一模一樣的姿勢，電扇的固定桿仍舊是拉起的，林宜家亦會欣喜地脫了衣服，貼了上去。他們就這麼過了一天，又一天。

男人叫王海德，取這個名字是因為家住港口，在海邊長大。林宜家唸高職時，她唸的美工科和電子科辦聯誼認識的。兩個人因為都是班上最害羞，所以被配成對，有一天王海德突然打電話約她出去，看了電影，在街上一前一後地走，走了很久，走到天黑，等公車時王海德突然說話了，他說不是我不牽妳的手，是我很會流手汗。林宜家沒有說話，抓過他的手，四隻手合著，直到公車來。從那個晚上之後，他們就感覺自己在一起了。

林宜家後來說，因為不知為何，王海德的手有一種好聞的油墨味，像她家小時候開的印刷廠的味道，偏偏他又叫「海德」，「海德堡」是最高級的印刷機的牌子，德國製的，也是她認識的第一個外國字。林宜家並不特別相信宿命與巧合，當她家的印刷廠倒閉，她唸美工科，然後畢業之後在電腦排版公司當排版小姐，下游就是印刷廠，跟一個與高級印刷機同名的男孩子談戀愛到同居，她也不認為這是命運的安排，或者說她不會去思考這之中的關係，就是欣然又自然地過日子。在她座位周圍，每一個坐在二十一吋全平面螢幕面前的排版小姐，大抵也都如此。

王海德一開始是賣手機的，就是那種站在3C賣場或百貨公司外面，逢人就問，要不要辦手機，某某某某機款只要一九九喔的那種銷售員，每推一支，可以抽成。但是這對王海德來說太難了，因為他根本不愛講話。所以，後來，他又到電腦維修組裝的小工作室去，每天埋首在一堆主機板記憶體當中，旋螺絲旋到手都起泡。

有一天林宜家下班回來，看到王海德坐在放電腦的和室桌前面，旁邊都是電腦零件的紙盒和寶麗龍盒，王海德說，我不去上班了，我自己在家接case。那時是夏天，王海德一開始還真的到處收貨取貨，有時候三、四台電腦主機放在機車前面的踏板上，金屬殼熱得不得了，燙到也要起泡。他一次兩台，搬上他們租的頂樓套房。後來，好幾天過去也收不到什麼訂單，王海德說現在學生放暑假，九月開學就會有很多人要組電腦。十月都過去了，那些買回來的零件都還原封不動，王海德自己組了組，把家裡電腦升級了，每天，就對著電腦打線上遊戲，把贏來的東西，上網賣掉。

有個晚上，王海德說，我今天賣武器賣了六千塊，錢匯進來了。林宜家回說，那這個月的房租你繳。這句話說出來她就後悔了。只是聽到王海德說六千，她就直接聯想到房租是六千，沒有計較的意思。她以為王海德會生氣，結果他只是過來摟住她裝撒嬌聲音說，別這樣嘛老婆。

他們沒有什麼共同的情侶朋友，就是那種可以一起約去吃飯唱歌的，沒有。所以林宜家也不知道王海德這句老婆從哪裡學來的，只是有時候她自己也會叫，老公。例如他們做過最像夫妻生活的事，就是在套房裡煮火鍋，煮湯圓，用電湯匙，這時林宜家會叫，老公，幫我加一點沙茶醬。這類活動的收場總是，電湯匙黏了蝦餃皮，林宜家蹲在浴室刷，後來幾次實在怎麼刷都不乾淨，就不再煮了。

他們覺得現在的生活已經不錯，至少已經從雅房搬到套房。有兩台中古摩托車，林宜家那台比較小，比較破一點，下雨天就要用踩的才能發動。林宜家每天早上騎破機車，過橋，跟排山倒海的摩托車騎進市區，找到騎樓的停車格，上樓，打卡，坐定。

林宜家的公司除了做平面印刷品外，最大宗是做光碟圓標，有個固定的尺寸檔案，一個大圓，包著一個鏤空的小圓。最常做的，是A片。廠商送來一批清晰無誤的圖，林宜家等排版小姐擷取幾張精采好看的，拼在光碟上，在重點部位加馬賽克，或者在女的身上畫兩顆小不溜丟的愛心或櫻桃，總之如何設計，廠商不會太有意見。晚上，去壓片廠監工的印務同事回來了，會帶幾片試壓片，嬉笑分送，例如說，宜家這塊妳設計的，要不要拿幾片回家？林宜家等排版小姐會故作哎唷你們好低級的表情收下，一天一天在抽屜越積越多，找一天全部偷偷放進大包包。

林宜家不知道別的同事怎麼用，不過她和王海德是看過之後，物盡其用，燒錄出好幾十片，星期天下午拿到光華商場賣，林宜家在樓梯間顧旅行袋，王海德到處走，見單身男性就把頭一低，小小聲問，無碼的，要不要？然後把露出欣喜表情的男的帶到樓梯間，一手交錢，一手交貨，一片一百。

林宜家不知道是害怕這種地下交易被發現，還是想要享受鈔票蓬蓬的感覺，她一收到錢就快速往旅行袋一塞，所以一天下來，旅行袋會產生裝滿錢的效果。這個袋子，是林宜家要搬出家裡時的唯一行李，那時候他們家的印刷廠已經倒了，她爸每天在賭博。

那天，她到鄰居家當作賭場的鴿子樓，想要跟她爸說再見，可是麻將聲嘩啦嘩啦，她爸坐在麻將桌上，桌子外圍擠了一圈一圈的人，人聲嘈雜，林宜家叫，爸。爸爸沒有聽見，就像她小時候被放在半人高的全開紙上睡午覺，醒來時會叫爸，但是印刷機在跑時，根本聽不見，林宜家越過一落一落紙，可以看見爸爸，在日光燈下校正墨色，林宜家用手指沾沾紙上的白色粉末，塗在自己臉上，大概以為這樣可以吸引爸爸，可是沒有。她左顧右盼，看到這座臨時的床，側邊寫著幾個字，雪銅，一五〇磅。

她爸聽不見，所以她走出這個有尿騷味、地上都是菸蒂和檳榔汁的鴿子樓，這時候她的胸部從背後被摸了一把，她嚇到了，但是沒有叫也沒有轉頭，帶著羞辱的感覺走出去，王海德就在外面等她，拿著那個旅行袋。

他們坐上公車，兩個人都沒有說話，林宜家看起來，是把頭靠在王海德的肩膀上了，卻只是碰著，好像怕把對方壓痛一樣，仍然用自己脖子的力量撐著頭。王海德用手掌把林宜家的頭扎扎實實地壓在自己肩膀上，這一壓，林宜家的眼淚就掉出來了。

林宜家小時候就不常看見她媽媽，所以她每天在印刷廠裡，吃飯，睡午覺。她的午睡床，有時是雪銅，有時是道林或模造，睡一睡，突然輪到她睡的那落紙要印了，她爸或其他印刷廠的阿叔把她抱到另一落去睡。這些阿叔的午覺也是這樣的，撿幾張比較乾淨的放損的紙，在地上鋪一鋪，就睡，他們經常會選在兩落紙中間，較隱蔽安靜。國中時，林宜家因為其實不聰明，背一個單字要背好久，被罰坐在紙上，背單字，她爸計算她背單字的時間是，這一疊印完就要來考妳。紙被一令一令拖走，林宜家越坐越低，也越來越緊張。

林宜家一直到被王海德叫白癡，才不覺得不聰明不是那麼一件可恥的事。王海德會說，耍白癡，這三個字跟老婆有一樣的效果。例如後來，盜版A光的生意就越來越不好做了，王海德在光華商場出去繞一圈，有時連一個客人都拉不到，他們還試著賣日劇、賣大補帖，也都賣不動。林宜家這時候就說，該不會是每個人都在排版廠上班吧？王海德說，網路抓的啦，耍白癡。

林宜家彷彿可以為這個可愛的稱呼奉獻上一輩子。

排版小姐們上班生活沒什麼起伏，唯一的樂趣是，每天傍晚，跑業務的男同事會打電話進來，我現在在某某夜市，你們要不要買什麼當晚餐？一群小女生才會稍微吱吱喳喳討論起來。有次業務打電話進來說，他從基隆客戶那裡談完案子回來，要吃什麼？林宜家點了紅燒鰻，大家登記完之後，林宜家又偷偷打給業務，說，買兩碗。想當然耳，她一碗是要帶回去給王海德的，林宜家和同事們，每個人坐在二十一吋的大螢幕前吃飯，她怕鰻塊軟掉，就在這龐然大物的遮掩下，幫王海德那碗的鰻，用筷子夾起來，放在另一個塑膠袋裡，夾完了，想了一下，又從自己的寶麗龍碗裡，夾起兩塊放進去。做完這些細瑣的動作，她才開始吃自己的晚餐。

林宜家其實還偷偷想過，背叛、出軌、偷吃這些事，只是她做不了。有次一家小出版社的總編輯，送了他們公司的名片來印，林宜家設計的，這個穿白襯衫卡其褲的總編輯親切有禮，第二次來取件，買了一杯仙草奶凍給林宜家。她完稿之後，偷偷留一張這個人的名片清樣，夾在皮包裡，上面有手機號碼，不過她從來沒打過。她想如果一天同事或王海德發現了，她就會裝作輕鬆說，是樣本啦。

林宜家她們有時候會被載到印刷廠作臨時女工。例如，公司接來排版的書，裝訂完了，發現書背上都是膠，又趕著出貨，調不到臨時工，趕緊出一台廂型車，把這些年輕女孩子送過去救火。大家拿小板凳在印刷廠較空曠的角落坐下來，一落一落的書立在四周，工頭發了乾淨的濕抹布，一本一本擦，一共幾千本。

還有一種零工是，印好的書裡，要插入回函卡或廣告摺頁，每插一張，五毛錢。這個林宜家小時候就做過，現在，又坐在印刷機運轉聲大得聽不見對方說話的地方坐下來，做一樣重複的動作，她也沒有什麼巧合的驚喜或親切得痛哭流涕的感覺。

對於這樣平庸的女孩子，林宜家只有一件事與眾不同，但是她長大後，也就很少跟別人提起了。

小時候每到年底，家裡的印刷廠要印好多日曆。林宜家不像其他小女生喜歡紅色，只喜歡看印綠色的，星期六。這點她特別堅持，爸爸和阿叔們都不知道為什麼，但都會在星期六要開印的時候，把林宜家叫過來看，林宜家會蹲在印刷機前面，手撐下巴，滿足地看著一張接著一張星期六跑出來，她把試印放損的那幾十張星期六，仔仔細細裁好，抱到裝訂的阿叔那邊去，所以她有好幾本，每一天都是星期六的日曆，大約橫跨民國七十幾年到八十年。

那時候，大概她太認真做這些事了，所以她並沒有注意到，她經常失蹤的媽媽，在那幾年突然不見了。

民國七十五年，一九八六年，林宜家上小學。有一天，她爸回來，突然把她扛上肩頭，在印刷廠裡面轉來轉去，一面吆喝，把我們宜家最愛的那色星期六拿出來啦！那是她看過爸爸最意氣風發的時候。她也一樣蹲在印刷機前面，手撐下巴，看見，好多好多個綠色的圖案，滾過印刷機，啪啪啪啪堆在眼前。剛唸小一的林宜家看著那圖案，突然像發現新大陸一樣，大叫起來：哇，是台灣。

她爸又把她扛上肩頭，手舞足蹈起來。

那幾年爸爸都很快樂，常常有東西可以印，所以日曆也不接了。廠裡的阿叔，會逗林宜家說，今天妳爸又去拼租回來了，趕快去分紅。拼租的意思就是，去包了很多候選人的傳單回來。讀小學的林宜家，跟同學走回家，看著路上插著的候選人照片，都可以認得出來，這個是我家印的，那個是我家印的。有一天走著走著，林宜家看到一個女性候選人劉海吹著高角度的大頭，也突然像發現新大陸一樣，大叫起來：哇！往前走了好幾步，才小小聲地跟同學說，是我媽媽。

不過她很快就把這件事忘了。

林宜家現在很少跟王海德說她小時候，大概覺得前面的日子一天一天過下去比較重要吧，不過他們也從來沒有說過未來。

盜版光碟生意做不下去之後，還好有些需求是恆久不變的。例如打字，王海德接了外包打字的工作，一千字八十到一百元，他一小時可以打三千字，比麥當勞好賺很多，他們這樣欣慰地下結論。王海德一開始沒日沒夜地打，家裡開始堆起一疊一疊A4的列印紙，很有一點創業規模的樣子。有一次他們因為冷氣壞掉吵架，王海德把一疊A4紙抓起來，撒個滿天滿地，林宜家把紙一張一張撿起來收攏好，跟王海德說，你是靠這個吃飯的，不可以對它不尊敬。那凜然的專注，王海德之前從沒見過。

林宜家後來幫王海德接回更多的打字case，王海德打不了，她就接力繼續打，一整夜鍵盤聲此起彼落，電風扇擺葉的起點是躺在彈簧床墊上的王海德，中間轉過林宜家，終點是悶悶運轉的電腦主機，這是王海德說的，電腦不能太熱。王海德要打電腦遊戲時還會把機殼拆下來，增加散熱效果，林宜家躺在彈簧床墊上轉頭就會看見一堆裸露在外的電路板和管線，纏著一堆灰。

林宜家忘了自己今天是為什麼走出來的。她前一天接了貼標籤的工作，拿回一千個信封，一千張列印出來的地址標籤，貼一張一塊錢，叫王海德貼，結果她下班回來，發現信封和標籤都還躺在原來的地方，王海德打了一天的連線遊戲。

林宜家扁著嘴，沒有說一句話，坐下來，開始貼。王海德背對她，繼續打遊戲，也沒有說話。林宜家貼完一千張，半夜兩點，站起來，走下樓，王海德開口了，問她：妳要去哪裡？

林宜家沒有回答。她騎上機車，過橋，騎到敦化南路上的大書店。她想到，自己天天在排版，卻沒進過幾次書店。她摸著新書平台上的書，熟悉得不得了，這本封面是銅西卡二五〇磅上霧P加局部光，那本是銅西卡二〇〇磅上亮P軟精裝。幾乎摸到每一本新書後，她走出書店，走上中間的人行道，往南走。

林宜家今天排了一張競選海報，上面只放了一張行道樹濃蔭夾道的照片，大級數的文宣文字寫著，某某某用一千五百棵台灣欒樹，感謝您一千五百個日子的支持。照片下方的圖說，小小的字標明，拍攝地點，敦化信義路口。

林宜家排過那麼多東西，不知道為什麼對這張海報特別有感覺。大概她看到一千五百個日子，就偷偷在紙上算了一下，四年，她從提著旅行袋離開家，一起和王海德租房子，到現在，也正好是四年，一千五百個日子。所以她突然升起一股浪漫的念頭，要帶王海德，去看那一千五百棵樹。

走進樹影幢幢之中，林宜家蹲了下來，感到頭痛欲裂，她感覺有一架巨大的印刷機在她腦裡面隆隆隆地跑，她看見，小時候在印日曆的情景，一大落一大落的紙，一張一張被印刷機吸進去，經過油墨滾筒，啪啪啪啪跑出來，每一張紙，都是一模一樣的。印著一模一樣日期的紙，在她面前疊成一大落，而她睡在上面。

林宜家低頭，打開皮包，她想把那張總編輯的名片找出來。翻著翻著，林宜家哭了起來。

9.

上海新
桃花源記

掛掉手機，手機就不在他手上了，
他聽到熟悉的關機鈴聲，
通常這個動作是二奶做的，
在他每晚與太太通完電話之後。
他想到他與太太的默契還是不錯的，
覺得有點欣慰。

為了給二奶驚喜，他把飛機提早了一天。

末班飛機抵上海，他走出機場，上了一輛出租車，閉眼小睡。多年來這個動作已經太熟練自然，不需要特別警覺，就像一般人小完便不會去檢查拉鍊有沒有拉一樣。可是，有時候，拉鍊它就是自己會掉。

所以，當車子突然停在路邊，上來一個人坐在前座，而司機說，朋友，搭個順風車，等會兒給你打個折，他開始覺得不對，但是只能張開眼睛，靜待其變。等到他發現，車子並不是往他的住所去，而是到一荒郊野外時，他只能盤算，身上有多少現金，摸摸手錶，回想一下什麼時候買的花了多少錢，再想想皮箱裡有帶給二奶的金飾，幾瓶昂貴的紅酒，兩本繁體中文版的《藍海策略》，口袋有一支最新款的手機。

車子又停下來，又一個人上車，擠上後座，粗魯地推他一把。這時候他想到他台胞證上的照片，好像還不是太難看。他想到現在身上這一套衣服，有點太休閒，但也還是名牌。他又想到他太太，這時候手機響起了，拿起手機的同時他也感覺到一把刀架在脖子上。

他說對，在車上了，快要到了，妳先睡吧。掛掉手機，手機就不在他手上了，他聽到熟悉的關機鈴聲，通常這個動作是二奶做的，在他每晚與太太通完電話之後。他想到他與太太的默契還是不錯的，覺得有點欣慰。

不到十分鐘，他光著腳，被推下車了。沒有一點傷，但他也沒有任何東西了，除了身上這一套名牌休閒服。他走了很久的路，循著大致可判斷出來的來時方向，終於，找到一戶人家，那人家收留他了，告訴他，你是這個月以來第三個。

天亮時，他看見這條路上開滿桃花，芳草鮮美，落英繽紛。他告訴主人，他想再多待一天，隨便他們開價。那天，他吃到了這輩子吃過的最新鮮的雞鴨鵝與山蔬野菜。深夜，有人來敲他房門，是主人的女兒，他辦到了這輩子未曾有過的一夜多次。

隔天早上，主人幫他找了回城裡的車，要價是一般的三倍，但他回到家，打開保險櫃，又多給了很多。他告訴司機，不足為外人道也。

他洗了澡，換上一套乾淨的衣服，又攔了出租車，到公司開會去了。證件重辦，手機重買，一切又跟以前一樣了。

10.

失憶與失蹤

圖書館裡有一種先進的機器，
叫做自動借書機。
完成借書手續之後，
旁邊有一台小小的收據機就會吐出一張小小的紙條，
上面寫著，你是誰你借了哪幾本書，
什麼時候借出什麼時候要還。

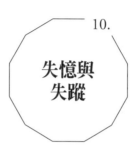

1.

我弄丟了一本書。

行過死蔭之地，卜洛克偵探小說馬修史卡德系列。那是我從學校的圖書館借來的，但是我完全不記得我借了這本書，直到一個月後，圖書館發了圖書逾期的email給我。

我一直認為人的腦袋裡好像有一捆膠捲在跑，有的時候膠捲折到，記憶也就在那個時間的點消失，例如說三點五十九分零一秒到三點五十九分五十九秒這一段不小心折到了，那麼我的記憶就會從三點五十九分零一秒直接接到四點零分。關於這五十九秒內發生的事情，可能在哪一天又隨著膠捲突然彈回來而突然想起來了，但是是哪一天，我不知道。也許一輩子都記不起來也不一定。

關於這種失憶，最常發生在我爬樓梯的時候。當我每天爬上我那合租的四樓公寓時，常常會覺得，我少爬了一層。實體的鋼筋水泥建築當然不會莫名其妙突如其來地下降一層樓，所以我後來都解釋成是我腦袋裡那一捆膠捲的我從一樓爬到二樓或是二樓爬到三樓那一段折到了。可是這樣的情節還是常常發生，我低著頭數著梯階，爬到了家門口還要抓著扶手拐過彎去向上爬一層樓，J抓住我的肩膀或是抱住我的腰把我拉回來，妳家已經到了，妳要去哪裡？

你不覺得我們少爬了一層樓嗎，J彎下身來解鞋帶也幫我解，我以為我們會有一樣的感覺耶，他只知道我連路都走不好他要好好照顧我。我抬起頭來，室友男友的軍靴擺在鞋櫃上，沒錯，我家到了。我和兩個社團裡認識的女同學合租一層三房兩廳的公寓，平常三個人住，到假日就變成六個人，J每個禮拜五晚上過來，禮拜天晚上再回到他兩人一室的研究生宿舍，我們交往三年以來，都是這樣。

我們每個週末除了一起吃飯做愛外，有時候J會和室友的男友到樓下的百視達租VCD回來，原本沒什麼關係的三男三女馬上可以構築出一幅和樂融融的全家福。我通常看得不太認真，捧一本正在讀的偵探小說，一邊把多力多滋一片一片往J的口裡餵，一邊想如果我破壞了這美好的舊秩序會不會不被原諒。

2.

圖書館發的email上面說到期日是11月29日，大學部的學生借書期限是一個月，也就是說我在10月29日借了這本書。10月29日，我在做什麼。我當然記得。10月29日，我到台南找P。

我一直不記得我和P是怎麼熟識的。大二的時候上同一堂課，然後就漸漸熟了，好像每次我們兩個人一追本溯源，就只能到這裡。有時候我會問，我指的是，是什麼時候有感覺的呢？總有一條線吧，P會說，別想那麼多。我跟P認識的時候我跟J正熱戀，所以對P的記憶非常不清楚也不準確，但我知道他是個和J不一樣的人，他長得相當高，獨來獨往，話不多。當時修同一堂課的同學之間都在流傳著P與小桃的故事。

P的女友叫小桃，他們曾經分手一次，小桃服安眠藥住院，P很狠心不去看她也沒有提復合，後來是小桃哭哭啼啼兩個人才又在一起。和P熟了之後，他告訴我，我是第一個沒跟他提過小桃的事的人。我說我不認識她也跟你不熟吧，他說事情不是他們說的那樣，他說人言可畏，我說我們沒有辦法期待別人只好調整自己對不對？過了不久，他對我說，來外遇吧！

P是一個很會說故事的人。有時候我們什麼也不做，就躺在床上，抱在一起聽他說他的故事。他的童年、他重考的時候、他賣盜版大補帖的時候，他說完之後，都會告訴我，這些以前都沒跟別人講過，奇怪怎麼想一口氣全告訴妳。有時候他也會要我講故事給他聽，我會說馬修史卡德的故事，我覺得你和馬修有一部分很像，你們都有一種孤獨的樣子。

3.

圖書館裡有一種先進的機器，叫作自動借書機。完成借書手續之後，旁邊有一台小小的收據機就會吐出一張小小的紙條，上面寫著，你是誰你借了哪幾本書，什麼時候借出什麼時候要還。我會把借書收據一張一張收在鐵盒裡，J說我比收他給我的情書還細心。

J每個禮拜五晚上來找我。有時候他從口袋裡掏出一個塑膠袋，說趁熱吃。是炸蕃薯片，我一直愛吃這種路邊小攤子賣的炸蕃薯片，還要擠很多醬油膏進去，吃得滿嘴醬油才過癮。往陽明山後山的路上，看見這樣的小攤子，我會興奮地跺著腳，要J停下摩托車來買。

P畢業之後回到台南工作。10月29日，我告訴J我要去同學家過夜看日劇，然後到台南找P。我上完早上的課，回到四樓公寓，把背包裡的東西嘩啦啦全倒在床上，挑了幾樣隨身的東西丟進去，然後到樓下搭241公車到車站。

我開始不間斷地到圖書館借書，是J準備考研究所那一段時間，每天晚上我陪他走到自修室門口，然後說好吧我要去流浪了，於是就在圖書館裡一層一層地逛，一直到書庫畢庫，借幾本書到二十四小時開放的自修室，趴在J厚厚的工程數學參考書上看。

10月29日小桃也到台南找P，P告訴小桃公司的電腦出了問題，可能要修上通宵，小桃一個人在林的家裡等他。那天晚上我講馬修和女友伊蓮的故事，他說我們也可以維持這樣的關係吧，每一次見面的時候都有一份好感覺，這份好感覺足以讓我們好好吃頓大餐做次愛。我希望妳不要跟她一樣，他這樣說。隔天清晨P的家人打電話來說小桃服藥了現在在醫院，我們擁抱，別再聯絡了，我這樣說。

J說他很怕有一天會找不到我了，就像是去誠品敦南店時，我會不說一聲從二樓的書店跑到地下一樓看小王子的手錶一樣。我說我怎麼跑都在這棟建築物裡面啊你一定找得到我的。

4.

我很喜歡圖書館裡會吐出一張張小紙條的收據機。我覺得那台機器裡有一捆像我腦裡那樣的膠捲，只是被剪成一段一段地吐出來。我會把借書收據一張一張收在鐵盒裡，比收電影票或發票或車票或上課傳的紙條還細心。我找不到10月29日的借書收據。

我從館員那叫出資料。我在10月29日借了兩本書，卜洛克偵探小說馬修史卡德系列的行過死蔭之地和到墳場的車票。到墳場的車票已經在11月14日歸還狀態在架上，行過死蔭之地掛失中。

我在六樓的書架上找到我借的那本到墳場的車票。快要結束的時候，外科醫師對馬修說，伊蓮真的有顆很好的心。這段在整本書的倒數幾頁，我在這一頁發現我10月29日的借書收據，背後有人留了一行字，我會永遠記得妳，是P的字。

走出圖書館的時候，陽光很亮，我突然想起來我和P一起上的是一堂星期五下午的劇本創作課，我和他都是一個人來上課，他嚼著口香糖走進來，對我推出一片青箭或extra，我搖搖頭。

我一直不喜歡吃口香糖，到現在還是。我一直記不得我和P是怎麼熟識的，我相信那一個時間的點，有一天會彈出來，但是是哪一天，我不知道。

代後記——

美好的瘦痛：十年十問

1. 這十篇小說的戲劇張力十足，但同時又「真實」得不可思議。妳如何蒐集這些故事題材？在寫就這十篇小說時，有沒有遇到什麼困難？比如情節難以發展、寫到無法控制自己的情感……等。

我很少在什麼都沒有的情況下去「構思」一篇小說。幾乎都是在現實生活中，不經意地被某個事物或「戲劇化」經驗擊中，我會有種「咚！」的感覺：就是這個！這個可以發展成小說。但這個現實經驗，其實就只是像大富翁遊戲的第一次骰子，它幫我起了一個頭、或給我一個人物，接下來的每一步，進進退退，機會命運，就是開了word檔之後的事了，也就是說，變成「作者和小說」之間的事，與現實不太相關了。

如〈日曆〉是大學時編刊物去印刷廠，看到裡面那些排版小姐，想到恐怖的、僵滯的年輕生命；〈失明〉是我當時因為千度近視，常常受針眼、結膜炎、角膜刮傷等等眼疾所苦；〈親愛的小孩〉則是三十歲過後，自己與周圍朋友都來到面臨「想生、不想生、如何生、想生的生不出來、不想生的意外懷孕」的人生階段。

若說讀來「真實」，我想是無論劇情如何跌宕，我一直都希望把情緒與情感逼到最真，它就像是一條繩索，必須緊抓不放，虛構的人物與故事才能飛簷走壁。這也常常是寫作過程最難的部分，有時覺得這繩子有點虛假、有點危險，我和小說中這些男女就停在懸崖上，定住不動，一停半個月或幾年都有。大概這也是寫得慢的原因。

2. 從〈失憶與失蹤〉到〈禮物〉中間隔了整整十二年，這十二年之間，妳如何看待寫作這件事？這十篇作品在妳的寫作生涯裡有沒有什麼特別重要的意義？

比較把寫作當回事，應該是從十年前〈失明〉得到小說新人獎開始。但即使拿到這張「文壇入場券」，我還是沒有乖乖入座，跑去做了編輯、文案、記者等文字工作，中間斷斷續續寫小說和散文。七年前，散文〈父後七日〉得獎，接著改編電影賣座得獎等等，一連串「顯著」的事，我就變成寫「散文」和「劇本」的作者了。一直到去年《短篇小說》雜誌在萬眾矚目下創刊，我應邀交稿一篇，〈親愛的小孩〉因此被看見了，很多出版人和讀者跟我說：「哇，原來你也會寫小說。」（笑）這是滿有趣又無奈的現象：一個作者如何被認定，不是因為他寫了什麼，而是他被看見了什麼，以及如何被看見。

但的確是因為《父後七日》，我才開始跟寫作「玩真的」。之前幾年我都還不認為自己真的「能寫」、「愛寫」，它給了我許多信心與定力。

3. 在妳的散文作品裡，讀者常常感受到小說的戲劇感。在妳的這部小說作品之中，也時時流露出散文樸實真摯的情感。對妳來說，寫散文和寫小說各自代表什麼呢？

寫散文是「再造已知」，比較像整理收納一個事件或狀態，像是規劃好的旅行，途中當然也會有驚喜，會有意外，會有小確幸。寫小說就如前面所說，像是帶著自己虛構出來的人物攀岩登峰，最後一起到達未曾想像的地方。

但兩者對我來說，不可稍有閃失的，都是「腔調」，也就是說故事的方式。我想腔調就會決定情感。

4.在《父後七日》裡，妳挑起了生命裡又輕又重而我們時常忘卻的悲傷，並告訴我們「請收拾好您的情緒，我們即將降落」。在《親愛的小孩》裡也時常觸及「悲傷」這個生命困境，但這裡的悲傷好像不只是一個事件，而比較接近一個常態，幾乎像是構成生命的一種元素。對妳來說，悲傷是什麼？妳希望透過故事裡悲傷的人來表達什麼？

與其用「悲傷」來說，不如來談談造成悲傷的原因吧。這十篇小說裡，有失去、分離、背叛、被欺騙、得不到所愛……或根本就只是迷惘騷亂、搞不定自己，而形成的大片悲傷。

我很喜歡的一部電影《戀戀風暴》裡，西恩潘飾演一個非常搞不定自己的人，不只無法控制情緒，還有暴力傾向，天天鬧事。最後他被關在監獄裡時，流著淚對來探監的妻子說：「我們人為什麼不可以一出生就很老了？越活越年輕、越來越有活力、越來越純真，然後最後在母親的子宮裡死去。」

既然成長、生老病死都是不可逆的必經過程，那麼途中必然會遇到各種傷害。我們無法一生下來就是身經百戰、世故圓熟的人，所以必定跌跌撞撞、吃虧學乖或學不乖。唯有等到塵埃落定，回頭一看，「唉，都過去了。」才有點雲淡風輕，有點成長。但下一次，它又來了。

我覺得這些傷害，並不完全是大到住院開刀那種。有時就像日積月累的肌肉僵硬或筋膜沾粘，我們偶爾去按摩或做些紓緩運動時，會說：「對！就是這個痠痛的感覺！」會發出美好的哀號，希望按摩師不要停（笑）。但只要我們每天使用身體，這些壓力或緊繃就會存在。我想我是用小說，點出或喚起這些必然存在的美好的痠痛吧。

5. 在妳的作品中，「旅行」常常是一個重要的轉折點，旅行看起來像是流浪與漂移，也像是整理與重生。可否從《親愛的小孩》裡的這些故事來談談「旅行」，旅行之於主角的意義，之於妳寫作的意義。

我很喜歡在旅行中觀察人。因為一個區域的特性，會群聚某一種特定的人，我會抓取他們「想當然耳」的普遍性，再幫他們加上獨特性。如〈親愛的小孩〉的主角，的確有些是我去峇里島，從獨行女子身上採一點樣本，慢慢形塑出來，想當然耳，她們是來靈修、來度假、來希望可以遇到《享受吧，一個人的旅人》裡面的大帥哥，但有沒有可能她們之中有一人是很想生小孩的呢？我會這樣開始想。〈禮物〉則是我在洛杉磯華人區，看到有些來待產的華人孕婦，想當然耳，她們是為了美國籍。但也許裡面有更戲劇化的故事。

當然不可能看到一個樣本就決定了，都是一點點、一點點採樣而來。

旅行是一個移動、漂浮的狀態，充滿碰撞與機遇；十篇小說裡，很多處理到騷亂不定、躁動不安的生命狀態，所以很自然地加入旅行的部分。

旅行對我寫作的幫助，不只是在取材。而是，寫小說就像是進入一陌生之地；那麼，若能經常把自己丟到陌生地方，我想應該是很好的訓練。

6.《親愛的小孩》裡絕大部分的故事都以女性作為主要敘事口吻，這些女人擁有各自的特質和性格，妳如何塑造她們？如何讓她們走進故事裡？或者，如何讓她們發展成自己的故事？

我借用、但稍微改一下〈馬修與克萊兒〉裡面的話來說。小說裡的這些女性角色，應該都是「如果我是男的，我一定會喜歡上的那種女人。」（笑）

她們並非完美，各自有吸引人的地方，也都有性格上的弱點。每次寫到中間，我都會覺得好像已經跟她是很要好很要好的朋友，可是把她塑造完成之後，就必須告訴她：「嘿，我要離開了。」這才是寫小說最精采的開始。比如說〈禮物〉，下筆時，我以為大概也是寫個八千到一萬字，用「禮物」來講男女之間的品味與權力關係。但李君娟的形象越來越明顯之後，是故事跟隨著她發展了。等到寫到最後一個字，變成她在告訴我：「嘿，我要離開了。」

小說寫完之後的疲憊與後座力，我想有時是來自這裡——與心愛的人物告別。

對了，其實每位女主角都有各自的「主題曲」，甚至「片尾曲」。這些歌曲與音樂對我形塑人物與鋪陳情節非常有幫助。希望有機會可以分享給讀者聽聽。

7.假設現在有一個難搞的男人和難搞的女人，妳會推薦他們看《親愛的小孩》裡的哪一個故事？

我想應該就看〈搞不定〉吧。可以比較看看誰比較難搞。

8.我們都相信有很多人看這本書會哭著笑、笑著哭，妳想對這本書的讀者說什麼？

曾有朋友告訴我：妳的小說太「好看」，會讓人以為妳的作品除此之外就沒有價值了。我知道他所謂的「好看」既是褒也是貶。褒的是，就是好看。貶的是，容易看，淺薄通俗。

但當然除此之外，還有一些希望讀者看到的東西。所以希望讀者在好哭好笑好看之外，還能多看出一些什麼。每個人的答案應該都不太一樣。

9. 小說相較散文，應該更容易改編。這十篇小說，有改編成電影的計畫嗎？

不能每次都一魚兩吃啦。（笑）

但的確〈親愛的小孩〉有個同名劇本在進行。不過人物、情節與小說並不完全相同，比較像「現代男女求子記」，是個都會喜劇。

10. 寫完兩本散文、集結了一本短篇小說集之後，接下來妳計畫寫什麼？

有一個日治時代家族故事，已經開頭很多年，一直沒寫完。我覺得是我之前的人情世故還不足以關照，每隔一段時間，我就會拿出來寫寫看，我有沒有能力帶著這些大正昭和時代的鄉紳和婦女，再往上攀爬一點。有些題材與情感，我相信絕對需要年紀與歷練才有能力處理，只靠自以為敏銳的天線與小聰明是撐不起來的。但我想這次應該不用再等十年。

附錄——

創作年月與首次發表

篇名	創作年月	首次發表
1. 親愛的小孩	二〇一二・五	《短篇小說》創刊號二〇一二・六
2. 禮物	二〇一三・五	《皇冠》二〇一三・七—八月號
3. 搞不定	二〇〇八・八	《自由副刊》二〇〇九・七・十二—十四
4. 馬修與克萊兒	二〇一三・二	《印刻文學生活誌》二〇一三・三月號
5. 我們	二〇一三・一	《人間副刊》二〇一三・二・一
6. 失明	二〇〇三・二	二〇〇三《聯合文學》小說新人獎短篇推薦獎、《聯合文學》二〇〇三・十一月號
7. 雷射	二〇〇四・九	《人間副刊》二〇一三・七・三
8. 日曆	二〇〇三・九	《人間副刊》二〇〇六・十二・十一—十二
9. 上海新桃花源記	二〇〇六・四	《誠品好讀》二〇〇六・四月號
10. 失憶與失蹤	二〇〇一・十二	二〇〇一耕莘寫作班文學獎首獎

國家圖書館出版品預行編目資料

親愛的小孩／劉梓潔著 .-- 初版 .-- 臺北市：皇冠 . 2013.08
面；公分（皇冠叢書；第 4332 種）
（劉梓潔作品集；01）
ISBN 978-957-33-3011-0（平裝）

857.63　　102012668

皇冠叢書第 4332 種
劉梓潔作品集 01

親愛的小孩

作　　者—劉梓潔
發 行 人—平雲
出版發行—皇冠文化出版有限公司
台北市敦化北路 120 巷 50 號
電話◎ 02-27168888
郵撥帳號◎ 15261516 號
皇冠出版社（香港）有限公司
香港上環文咸東街 50 號寶恒商業中心
23 樓 2301-3 室
電話◎ 2529-1778　傳真◎ 2527-0904
責任編輯——許婷婷
美術設計—王瓊瑤
著作完成日期— 2013 年 6 月
初版一刷日期— 2013 年 8 月
初版二刷日期— 2019 年 1 月
法律顧問—王惠光律師

讀者服務傳真專線◎ 02-27150507
電腦編號◎ 548001
ISBN ◎ 978-957-33-3011-0
Printed in Taiwan
本書定價◎新台幣 260 元／港幣 87 元